베를린의 한국학 선생님

베를린의 한국학 선생님 이은정 지음

들어가며

　　팬데믹 시기를 지나면서 학문 세계에서는 국가
간의 경계가 큰 의미가 없어졌다. 어디에 있든 인터넷만
있으면 다른 지역에서 열리는 행사에 참여하고, 화상으
로 얼굴을 보면서 회의하는 것이 일상이 되었다. 새로운
통신 수단 덕분에 국경의 의미가 흐려졌음에도, 내가 지
금 일하며 살고 있는 곳이 한국이 아니라 독일이라는 사
실은 변하지 않는다. 여기는 서울에서 8200킬로 떨어진
베를린이다.

　나는 40년 전, 그러니까 1984년 봄, 독일이 아직 분단
된 상태였을 때 정치학을 공부하러 서독에 왔다. 그리고
지금은 통일된 나라의 수도 베를린의 자유대학교에서
남과 북을 모두 아우르는 '한국학Korean Studies'을 가르치고
있다. 서독과 동독의 국경에서 50킬로밖에 떨어지지 않
은 괴팅겐에서 공부하면서도 기차를 타고 동독 영토를

거쳐서 가는 것이 무서워서 분단 시절 한 번도 놀러 갈 생각도 못 했던 바로 그곳이다. 동서를 갈랐던 장벽은 이미 오래전에 사라지고, 그 흔적만 남아 있는 베를린. 이곳에서 나는 이제 막 독일에도 상륙하기 시작한 한류 바람이 이 작업에 날개를 달아주기를 기원하면서 한국을 심는 작업을 계속해나가고 있다.

2008년에 교수 한 명 없이 독일인 한국어 선생님이 소장직을 대행하고 있던 자유대학교의 한국학과 겸 한국학연구소의 초대 소장이 되었다. 모든 것을 처음부터 만들어나가야만 하는 새로운 도전이었다. 한국학을 정착시키기 위해 내가 시도한 모든 것이 모험이었던 15년간의 이야기들. 베를린에서 한국학을 연구하고 가르치는 나의 일상을 책으로 엮는 것은 한 번도 상상해보지 않았던 일이다. 우연한 만남이 베를린에서 한국학 선생님으로 살아가는 나의 이야기를 세상에 내놓을 용기를 주었다.

이것은 나 혼자만의 이야기가 아니다. 베를린에서 한국학과를 만들고, 한국학과의 울타리를 넘어 전통과 현대를 아우르는 한국을 심기 위해 함께 노력해온 우리들의 이야기이다. 케이팝, 케이드라마를 넘어 한국의 역사와 문화를 모두 섭렵하려고 달려드는 우리 학생들의 이야기이다. 이 글을 쓰면서 그동안 베를린의 한국학을 위해 함께 노력한 많은 사람들의 얼굴을 떠올렸다. 한 사람, 한 사람 자신에게 주어진 몫의 일을 잘해준 덕분에 지금 우리가 서 있는 곳까지 올 수 있었다. 모두에게 고맙다.

성실하고 멋진 동료들, 업어주고 싶을 정도로 예쁘고 사랑스러운 제자들, 짧은 시간 연구소에서 함께 보낸 인연으로 우리의 든든한 응원군이 되어주신 여러 선생님들, 모두에게 감사드린다. 무엇보다 언제나 내 뒤에서 든든한 지원자가 되어주셨던 우리 학과 어학팀장 고故 김은희 선생님께 감사드린다. 그리고 나의 이야기를 꼭 써달라고 설득해서 이 책을 세상에 내놓게 만든 사계절출판사의 김태희 편집자의 고집에 감사드린다.

들어가며 — 05

1부　나는 베를린의 한국학 선생님

선생님, 우리 선생님 — 13

무모함이 이끈 독일 유학 — 16

대학 도시 괴팅겐과 독일인에 대한 허상 — 22

동독의 흔적이 남아 있는 할레 — 30

하빌리타치온: 독일 학자의 통과의례 — 34

동아시아 연구자들의 집결지, 도쿄 — 40

두 통의 편지 — 44

한국학이라는 학문을 하는 교수 — 52

베를린, 베를린 — 56

독일 통일 배우기 — 62

김일성대학교와 조선 서원 — 69

베를린에 온 특별한 손님 — 80

2부　함께 만드는 한국학

한옥 정자를 품은 아르데코 빌라 — 91

한국의 화초가 자라는 베를린의 정원 — 99

80벌의 한복 — 104

북 치고 장구 치는 선생님 — 112

한국학을 전공하는 독일 대학생 — 116

내가 케이팝을 사랑하게 된 이유 — 123

평안도 억양을 지닌 독일인 한국어 선생님 — 128

케이팝 댄스 경연장이 된 학교 — 133

BTS 영화로 동아리 활동을 — 140

학생들과 함께 떠나는 한국 역사 기행 — 146

사찰에서 배우는 한국 문화 — 154

우리들만의 졸업식 — 159

3부   한국을 심기 위한 말걸기

독일에 상륙한 한류에 올라타기 — 167

한국적인 것을 즐기는 젊은이들 응원하기 — 172

BTS와 배우는 한국어를 제2 외국어로 — 175

독일 언론에 대응하기 — 179

코로나와 함께 부상한 혐오와 차별에 맞서기 — 184

일상적 인종주의라는 숨겨진 폭력에 맞서 — 188

참을 수 없는 고질병, 유럽중심주의와 맞장 뜨기 — 192

독일인들에게 묄렌도르프 알리기 — 198

하멜상 제정 유감 — 202

기산 김준근의 그림이 한국 미술의 정수를 보여준다고? — 208

훔볼트포럼의 한국 갤러리를 위해 — 213

맺음말 — 217

1부

나는 베를린의 한국학 선생님

● 베를린자유대 한국학연구소 전경

선생님, 우리 선생님

베를린 시내 거리를 걷는데 한국말로 "안녕하세요"라고 인사하는 소리가 들린다. 키가 큰 독일 청년. 몇 년 전에 우리 학과를 졸업한 학생이다. 반가운 마음에 잘 지내고 있는지 물었다. 물론 한국말로. "네, 잘 지내고 있습니다"라고 답한다. 당연히 한국말로. 베를린 시청의 공무원이 되었다고 한다. 근무가 없는 날이라 부모님과 한국 식당에 가는 중이라고. 졸업한 후에도 여전히 한국 음식을 즐기는 독일인 제자. 옆에 계신 부모님들에게 나를 한국학 선생님이라고 소개해준다. 학부 졸업 논문부터 석사 논문까지 나의 지도를 받았던 그는 여전히 나를 선생님이라고 부른다.

베를린 시내에서 한국학과 졸업생을 만나는 것이 드문 일은 아니다. 거리에서 한국말로 다정하게 "선생님"

하고 부르는 학생들과 마주치는 날은 기분이 좋다. 함께 커피 마실 수 있는 여유가 없는 것이 유감스러울 때가 더 많지만. 학생 수가 늘고 졸업생이 많아지면서 거리에서 마주치는 반가운 얼굴도 늘었다.

　나는 우리 학생들이 나를 '선생님'이라고 부르는 것을 좋아한다. 독일어로 프라우 리Frau Lee, 또는 프로페서 리, 라고 부르는 것보다 한국말로 선생님이라고 불러주면 행복하다. '나'를 주어로 쓰는 것에 익숙한 독일 학생들이 자연스럽게 '우리'라고 이야기할 때는 마치 우리가 한국학으로 묶인 가족이 된 것 같은 느낌이다. 그래서 내가 한국학과 학생들을 "우리 아이들"이라고 부르는지도 모른다.

　한국학연구소의 방문학자로 와 계셨던 한 선생님은 내가 학생들을 항상 '우리 아이들'이라고 부르는 것이 기억에 남을 것이라고 했다. 그것이 꼭 우리 학생들이 좋아하는 표현은 아닐 수 있다. 대학에서 교수와 학생이 마치 친한 친구처럼 서로 이름을 부르는 학과도 있는데 내가 자신들을 어린애 취급한다고 언짢아할 수도 있다.

　그래도 나는 학생들을 여전히 우리 아이들이라고 부른다. 한국학을 전공하겠다고 우리 학과에 입학하는 학생들이 나에게는 가족과 같은 존재이기 때문이다.

국적이 다양한 "아이들"을 데리고 한국을 공부하는 베를린의 한국학 선생님. 그것이 지금 나의 존재를 가장 확실하게 알려주는 말이다.

무모함이 이끈 독일 유학

40년 전, 대학교 3학년 1학기가 시작된 지 한 달도 채 되지 않았을 때 독일행 비행기를 탔다. 독일이나 영국의 대학에서 공부를 해보면 어떻겠냐는 선생님의 말에 그냥 무조건 독일로 가기로 결정했다. 지금이야 해외여행에 외국에서 유학하는 것이 보편화되었지만, 40년 전에는 드문 일이었다. 막스 베버의 전기를 읽고 나서 그가 정말 멋진 학자라고 생각하던 때였다.

나는 중학교 때부터 학자가 되는 꿈을 꾸었다. 칼 세이건의 《코스모스》를 읽은 후 우주에 관해 공부하고 싶었다. TV에서 별이 태어나고 소멸하는 과정을 설명하는 그의 모습이 세상에서 가장 멋있어 보였다. 그래서 고등학교 때 이과를 선택했다. 대학 입학을 위한 학력고사도 당연히 이과로 시험을 보았다.

그러나 엄마는 딸이 아나운서가 되었으면 했다. 내가 천문학도를 꿈꾸고 있다는 것을 알았지만 여자가 천문학을 공부한다는 것을 상상할 수 없던 시절이었다. 만일 그때 내가 원하던 대로 물리학과나 천문학과에 지원했다면 딸이 지금 독일이 아니라 집에서 가까운 대덕에서 일하고 있을 거라며 엄마는 아쉬워한다. 하지만 1982년에 대덕단지가 지금과 같은 세계적인 연구 중심지가 될 것이라고 누군가 이야기했더라도 엄마는 그를 실없는 사람 취급했을 것이다.

엄마는 천문학도가 되기를 원하던 딸의 꿈을 무시하고 이화여대 정치외교학과에 입학원서를 제출했다. 학력고사에서 이과를 선택한 학생이 문과로 분류되는 학과에 지원하면 30점이 감점되던 시절이었다. 이대 정외과에 원서를 냈다는 말을 듣고 나는 이불을 뒤집어쓰고 며칠 동안 방에서 나오지 않았다. 면접을 안 보고 다른 길을 찾을 궁리도 해보았다. 하지만 재수하는 것은 상상하기도 싫었다. 일단 대학에 가보고 난 후에 결정하자고 마음먹었다.

대학에 입학한 첫 학기에 명강의로 유명한 진덕규 선생님의 정치학 개론 수업을 들을 수 있었던 것은 내 인생의 큰 행운이었다. 첫 강의 과제가 톰 보토모어Tom Bottomore의 《현대사회의 계층》을 읽는 것이었다. 분명 우리말로 번역된 책인데 나는 무슨 말인지 하나도 이해하지 못했다. 일주일 내내 아홉 번을 반복해서 읽어도 책의 내용을 파악하지 못하는 스스로에게 화가 나서 울어버렸다. 수업시간에 그렇게 어려운 책의 내용을 알아들을 수 있게 설명해주는 선생님이 존경스러웠다.

그 후 나는 선생님이 과제로 내주는 책은 하나도 빼놓지 않고 모두 꼼꼼히 읽었다. 하루 일과가 강의 듣는 시간 빼고 책을 읽는 것으로만 채워졌다. 선생님의 정치학 강의는 《코스모스》를 읽고 난 후 칼 세이건에게 질문할 수 있었다면 느꼈을 법한 즐거움을 주는 시간이었다. 그렇게 나는 정치학도가 되었다.

나는 대학 기숙사와 도서관과 강의실만 오갈 수 있는 생활에 감사했다. 책 읽을 시간이 그만큼 많았기 때문이다. 새벽 6시에 일어나자마자 기숙사 건너편에 있는 도서관으로 달려가 문 열어달라고 두드리는 바람에 도서관 직원들의 공적이 되기도 했다. 가끔 주말에 대전 집에 가는 것 말고는 대부분의 시간을 도서관에서 보냈다. 선생님이 과제로 내주시는 책을 통해 알게 된 사회과학의 세계는 우주만큼 오묘한 것이었다. 정치학도가 된 나는 사회과학이라는 우주를 탐험하는 기분으로 살았다. 친구들이 이런저런 모임에서 독재 체제에 대한 비판을 위해 사회과학 서적을 읽을 때 나는 그렇게 나만의 우주에 푹 빠져서 살았다. 그들이 나를 외계인이라고 불러도 신경 쓰지 않았다.

그렇게 책에 푹 빠져서 학교에 잘만 다니던 내가 2학년을 마치고 유학을 가겠다고 하자 난리가 났다. 조기 유학이라는 말조차 등장하지 않았던 때다. 가족과 친구들 모두 아직은 너무 어리다고, 대학 졸업하고 난 뒤에 가라고 설득했다. 그러나 나의 머릿속에는 이미 막스 베버가 살았던 곳에 가서 공부하는 것에 대한 기대로 가득 차 있었다.

독일 대학에서 입학 허가서가 오고 독일행 비행기를 탈 때까지도 나는 그곳에서 공부를 계속한다는 것 외에는 별다른 생각이 없었다. 치밀하게 준비하는 성격이 아니어서 독일 대학의 기숙사는 한국과 달리 식사를 제공하지 않는다는 사실도 몰랐다. 독일에서 혼자 생활한다는 것의 의미를 알았더라면 아예 독일 유학을 꿈꾸지 않았을지도 모른다.

실제로 나는 독일에 도착하고 일주일 만에 집으로 돌아가겠다고 마음먹고 비행기표를 사서 브뤼셀공항으로 갔다. 급하게 유학 가겠다고 결정한 것만큼 빠른 속도로 돌아가기로 하고 실행에 옮긴 것이다.

비행기에 탑승하기 직전 공항 공중전화로 엄마에게 연락했다. 기가 막혔을 엄마는 차분한 목소리로 어차피 독일에 갔는데 한 달만이라도 엄마 지인 집에 가서 놀다 오라고 나를 설득했다. 나는 결국 한국행 비행기를 타는 대신 기차를 타고 괴팅겐으로 갔다. 많은 사람들의 우려에도 불구하고 유학 가겠다고 고집을 피우고 독일로 떠났는데 일주일 만에 집으로 돌아가는 것보다는 한 달만이라도 버텨보는 것 또한 나쁘지 않을 것이라는 생각이었다. 그리고 나는 서독의 작은 대학 도시 괴팅겐에서 박사 학위를 마칠 때까지 9년을 살았다.

얼마 전 자유대학교에 교환학생으로 공부하러 온 한국 여학생이 도착한 지 채 일주일이 되지 않아서 돌아가려고 한다고 한번 면담을 해달라는 요청이 왔다. 이제 막 스무 살이 된 그를 보며 나는 40년 전 나의 모습을 떠올렸다. 그 학생에게 나는 언제 돌아가도 괜찮으니 이왕 독일에 온 거, 한 달만이라도 놀아보라고 이야기해주었다.

40년 전에 엄마가 나에게 해준 말을 똑같이 하고 있는
나를 보며 혼자서 속으로 웃었다.

대학 도시 괴팅겐과
독일인에 대한 허상

한국처럼 분단된 국가의 한쪽이었던 1980년대의 서독은 지금 내가 살고 있는 독일과 완전히 다른 나라였다. 당시 서독은 모든 것이 잘 정비된 곳이었다. 기차는 대부분 정시에 운행했다. 괴팅겐의 기차역을 지나가는 함부르크-프랑크푸르트 도시 간 특급 기차 인터시티에 시계를 맞추어도 될 정도였다. 그래서 나는 철학자 칸트가 매일 산책하는 시간이 일정해서 그가 지나가는 시간에 시계를 맞추어도 되었다고 하는 전설 같은 이야기를 전혀 의심하지 않았다.

지금 독일에서는 기차가 정시에 도착하는 것이 예외적이라고 할 정도로 기차가 자주 연착한다. 기차 운행이 취소되지 않는 것에 감사해야 할 정도다. 이 글을 쓰고 있는 중에도 기차가 취소되는 바람에 오랫동안 준비한 워크숍에 사람들이 참석할 수 없다는 연락이 오고 있다. 독일인들이 태어날 때부터 정확하고 합리적인 것이 아니었다. 1980년대에 서독의 사회적 제도와 환경이 독일인들을 그렇게 살게 해준 것이라는 사실을 간파하지 못했을 뿐이다.

물론 그 시절에도 내가 정치학과 신입생으로 입학한 괴팅겐대학교 사회과학부 학생들처럼 깔끔하게 정돈된 것과는 거리가 먼 독일 친구들도 있었다. 나는 그들이 예외적인 경우라고 믿었다. 1960년대 학생운동의 여파가 아직 남아 있던 사회과학부의 학생들은 규율은 어기라고 있는 것이라고 믿는 사람들 같았다. 세미나 시간에 시가를 마구 피워대는 바람에 머리가 아파서 도망가고 싶게 만드는 이상한 친구들, 선생님한테 이름을 부르며 반말하는 그들에게 적응하는 것이 쉽지 않았다. 그들이 같은 건물에 있는 경제학부의 깔끔한 학생들과 동일한 독일 사람들이라고 믿기 어려웠다.

나는 경제학부 학생들이 전형적인 독일 사람이고 사회과학부 학생들은 독일적이지 않은 사람들이라고 단정했다. 사회과학부 건물 밖의 도시는 작지만 모든 것이 정돈되고 잘 짜여져 있었다. 그것이 사회과학부 학생들이 독일적이지 않은 사람이라는 나의 편견을 뒷받침해주었다.

한국에서 대학을 2년간 다녔지만 나는 괴팅겐대학 사회과학부 1학년으로 입학했다. 학부와 대학원이 없는 통합 과정이었다. 본인이 열심히 하면 7학기에도 석사 학위를 받는 것이 가능했다. 한국에서 공부하는 친구들이 대학원을 졸업할 때쯤에 나도 석사를 마칠 수 있다는 것이 다시 1학년이 된 것에 대한 유일한 위안이었다. 정치학과 사회학, 민속학을 전공과 부전공 과목으로 선택하고 역사학과 철학 수업도 함께 들었다.

문제는 독일어였다. 외국인을 위한 독일어 시험에 합격했지만 첫 학기에 수업을 따라가는 것이 쉬운 일은 아니었다. 특히 정치학 개론 수업을 담당한 교수님은 사투리가 아주 심한 데다가 말을 많이 더듬는 분이었다. 필수 과목이라 시험도 봐야 하는데 도저히 알아들을 수가 없어서 미칠 지경이었다. 나는 강의를 카세트테이프에 녹음했다. 하지만 테이프를 아무리 반복하고 또 반복해서 들어봐도 무슨 말을 하는 것인지 알아듣기 어려운 부분이 많았다. 한국에서 보토모어의 책을 처음 읽었을 때와는 비교할 수 없는 어려움이었다. 그래도 꼭 통과해야 하는 이 과목의 시험에서 떨어지지 않았던 것은 매주 주어진 리딩 리스트에 포함된 기본적인 자료들을 아예 통째로 외우다시피 했기 때문이다.

나는 매일 새벽에 일어나 적어도 6시간 동안 반복해서 읽고 또 읽었다. 그렇게 나는 수험생 시절 몸에 익혔던 '사당오락'의 정신을 독일에서도 계속 유지하며 살았다. 이 괴상한 버릇은 지금도 버리지 못하고 있다.

그때부터였던 것 같다. 항상 앞에 놓인 과제를 해결하는 일에 집중하는 것이 습관이 된 것은. 전공과 제1 부전공, 제2 부전공, 그리고 추가로 들어야 할 수업까지 따라가려면 매 학기 수강해야 할 과목이 적지 않았다. 학기마다 마쳐야 할 과목을 끝내지 못하면 그다음 학기에 그만큼 부담이 늘어난다. 그 때문에 나는 수강한 과목은 모두 정해진 기간 내에 마치려고 무진 애를 썼다.

독일 대학의 학생들에게는 세미나를 수강하고 한참 시간이 지나서 레포트를 제출하고 학점을 따는 것이 이상한 일이 아니다. 하지만 그러다 보면 졸업이 계속 유예될 수 있다. 나는 한국에서 함께 대학에 입학한 친구들과 같은 시기에 대학원을 마쳐야 한다는 나와의 약속을 꼭 지키고 싶었다. 그러려면 독일 학생들처럼 여유 있게 시간을 두고 학점을 딸 수는 없는 노릇이었다.

독일의 대학들은 학생들이 동시에 입학하고 동시에 졸업하지 않는다. 어차피 입학식도 졸업식도 없으니 누가 언제 졸업했는지 알 수도 없다. 이것이 1980년대 초 대학 제도의 개혁이라는 명목으로 한국에서 도입한 독일식 졸업정원제의 실상이다. 한국의 대학생 중에 적지 않은 수가 입학한 후 20학기, 30학기 동안 계속 학생으로 남아 있는 것을 상상할 수 있을까.

지금도 독일 대학은 몇 십 학기 동안 학생으로 등록하는 사람들 때문에 골머리를 앓고 있다. 그나마 바이에른주와 같이 일정한 학기를 넘어서도 학생 신분을 유지하려는 사람들에게 제재를 가하는 지역도 있지만 베를린 주정부는 학생들에게 어떤 제재도 가하지 못하게 한다. 덕분에 40학기가 넘어도 학부 학생으로 등록하는 고령의 학생도 있다. 내가 괴팅겐에서 공부할 때 가장 학기 수가 많았던 학생은 60학기를 넘긴 사람이었다.

물론 독일 학생들이 모두 느긋하게 오랫동안 학생 신분을 유지하는 것은 아니다. 학생들이 성적에 예민하게 신경 쓰는 것이 예외적인 것도 아니다. 다만 그런 학생들이 많이 신청한 세미나에서 스터디 그룹을 조직할 때 교묘한 방식으로 외국인 학생이 배제되는 것을 자주 보고 경험했다. 그들은 외국인이 자기네 그룹에 들어오는 것 자체를 부담스러워했다. 그것이 외국인을 차별하는 것이라고 항의할 수도 없는 상황에 부딪힐 때마다 나는 오기가 생겼다.

어려운 일이 생기면 포기하기보다는 해결할 수 있는 방안을 먼저 찾는 것이 내 성격이라는 것을 그때 알았다. 그런 성격 덕에 나는 어려움을 어려움이라고 생각하지 않게 되었다. 그것이 나로 하여금 지금까지 독일에서 살 수 있게 한 것인지도 모른다.

한국학 선생님이 된 후 한국의 파트너 대학에 교환학생으로 파견된 우리 학과 학생들이 내가 독일에서 겪은 것과 똑같은 경험을 했다는 이야기를 듣곤 한다. 우리 학과에는 독일인뿐만 아니라 아프리카나 동남아시아에서 온 학생들도 있다. 한국의 학생들은 이들의 피부색과 상관없이 단지 좋은 성적을 받는 데 방해될 수 있다는 이유로 스터디 그룹에 넣어주지 않았다고 한다.

나는 기가 막혀서 파트너 대학의 국제협력처에 연락할까 고민했다. 독일에서 공부하면서 대학생씩이나 되어서 외국인을 차별하는 독일인을 강하게 비판해온 나로서 우리나라 대학생들이 바로 그런 행동을 한다는데 모른 척하고 지나갈 수 없었다. 그래서 나는 한국의 대학생들을 대상으로 강의할 때마다 외국인으로 차별당하는 것이 어떤 기분인지 자주 이야기해준다. 그것은 누구라도 절대로 겪어서는 안 되는 분노를 유발하는 모멸감이다.

신입생 시절 그런 일을 여러 차례 경험한 후, 나는 학기 초에 세미나에 들어갔다가 그런 분위기가 감지되면 아예 수강 신청을 취소하거나 혼자 과제를 맡아 진행했다. 세미나 레포트를 혼자서 작성하는 방법도 나름대로 터득했다. 독일어로 작성한 레포트를 그대로 제출할 수 없어 원어민에게 수정받아야 할 경우에는 같은 기숙사에 사는 친구들에게 도움을 청했다. 학기가 올라가면서 나는 다른 학생들과 함께 스터디 그룹을 하는 것보다 나홀로 발표하고 레포트 쓰는 것을 선호하게 되었다. 그래서 나의 독일 대학 친구들은 세미나에서 함께 공부했던 이들이 아니라 외국인 학생처에서 함께 조교로 일했거나, 아시아·아프리카 학생회 회보를 함께 만들었던 동료들이 대부분이다.

혼자 공부하는 것에 익숙해지자 한국의 대학에서 공부할 때처럼 매일 동일한 일과를 루틴처럼 반복하는 단

조로운 생활이 가능해졌다. 괴팅겐에서는 모든 것을 자전거로 해결하니 도로가 막혀서 지각할 일도 없었다. 칸트처럼 매일 같은 시간에 산책하는 것도 가능했다. 모든 것이 대학을 중심으로 돌아가는 괴팅겐이라는 대학 도시에 살면서 독일인들은 정확하게 시간을 지키는 합리적인 유전자를 가지고 태어난 사람들이라고 굳게 믿었다. 박사 학위를 마칠 때까지도 나는 독일인에 대해 그런 허상을 가지고 있었다.

동독의 흔적이 남아 있는 할레

　　박사 학위를 마친 후 귀국했던 내가 다시 독일로 가서 박사후 과정을 하겠다고 결정한 건 '합리적인 독일인'이란 허상 때문인지도 모른다. 나는 1994년 훔볼트재단의 지원으로 박사후 연구를 계속하기 위해 분단 시절 동독의 흔적이 그대로 남아 있는 할레대학으로 갔다. 독일 통일 이후 지도교수 자게Saage가 그 학교로 옮겨서 나도 그를 따라간 것이다.

　이번에도 나는 서독에 처음 왔을 때처럼 별다른 생각 없이 그냥 할레로 갔다. 자게 선생님 아래서 박사후 연구를 계속한다는 것만 생각했다. 할레라는 도시가 어떤 곳인지 잘 몰랐다. 나는 그때까지 알고 있던 것과는 전혀 다른 독일을 그곳에서 배웠다. 모든 것이 짜 맞추어진 것처럼 잘 정돈되어 있던 독일이 아니었다.

할레는 독일이 통일되기 전에 동독의 화학공업 중심지였다. 이 도시에서 살아보기 전까지는 괴팅겐에서 함께 박사과정을 공부했던 친구들 중에 왜 나 혼자만 자게 선생님을 따라 할레에 왔는지 짐작도 못 했다.

독일이 통일된 지 4년이 채 되지 않던 시기의 할레 시내는 어둡고 음침했다. 작지만 모든 것이 깨끗하고 잘 정비되어 있던 대학 도시 괴팅겐과는 전혀 다른 모습이었다. 시내에 있는 오래된 건물들은 허물어지기 직전의 폐허 같았다. 언제든 벽돌이 떨어져 나올 것 같은 건물들이 즐비한 거리를 걷다 보면 영화 세트장에 온 것 같은 착각이 들 때도 있었다. 어두운 골목을 걷다가 발을 잘못디디여서 웅덩이에 빠지면 크게 다칠 수도 있기 때문에 조심해야 했다. 그만큼 할레는 서독의 괴팅겐과 대조적이었다.

도시가 주는 첫인상이 그렇게 좋은 것은 아니었지만 나는 지금도 할레를 좋아한다. 무엇보다 분단 시절 할레 대학에서 정치학과 역사학 공부를 시작하고, 통일된 후 새로운 체제에서 학위를 마쳐야 했던 친구들과 함께 토론하는 것이 좋았다. 동독의 사회주의 체제에서 사회화된 그들은 서독의 친구들과 무언가 달랐다. 1989년 동독에서 개혁운동을 하던 때의 이야기를 해주는 그들에게서는 이상적인 사회가 가능하다는 꿈을 꾸었던 순수한 사람 냄새가 났다.

처음 보는 나를 반갑게 맞으면서 몽골에서 왔냐고 묻던 대학 도서관 사서의 인간적인 모습도 좋았다. 괴팅겐에 살면서 일본 또는 중국에서 왔냐는 질문은 많이 받았지만 몽골에서 왔냐는 이야기는 한 번도 들어본 적이 없었다. 그런데 평생을 할레에서만 살았던 중년의 독일 여성 사서는 내가 몽골에서 왔을 것이라고 확신하는 눈치였다. 내가 웃으면서 코레아에서 왔다고 하니 북한에서 왔냐고 다시 물었다. 몽골과 북한에서 온 유학생들을 잘 알고 있던 그는 남한에서 온 나를 신기하게 여겼다.

할레의 도서관들에 보관되어 있는 고서들의 묵은 책 냄새도 좋았다. 도서관 건물이 아직 보수되지 않았던 1990년대 중반에는 18세기 이전에 출판된 책들이 그냥 서가에 꽂혀 있었다. 토머스 모어의《유토피아》, 홉스의《리바이어던》초판을 그냥 꺼내서 읽으면 되었다. 고문서를 보관하는 데 최적화된 특수문서실에서 사서의 감시하에 책을 읽는 것과는 비교할 수 없는 즐거움을 느낄 수 있었다.

물론 그런 호사를 누릴 수 있었던 시간은 아주 짧았다. 1990년대 후반에는 할레대학의 도서관들도 보수 공사를 거쳐서 다른 대학 도서관들과 마찬가지로 고문서는 특수열람실에서만 볼 수 있게 되었다. 그와 함께 어둡고 지저분하던 할레 도심의 거리도 말끔하게 정비되었다. 할레의 거리만 본다면 변혁기 동독의 선거 운동을 돕던 서독의 헬무트 콜Helmut Kohl 수상이 통일되면 10년 이내에 동독 지역을 번영한 곳으로 만들겠다고 한 약속이 지켜진 것처럼 느낄 수도 있다. 그러나 거리의 외관만 빼면 유감스럽게도 그의 약속은 지켜지지 않았다. 할레 시내 상점가의 텅 빈 쇼윈도우들이 그것을 상징적으로 보여준다.

하빌리타치온

: 독일 학자의 통과의례

박사후 연구원의 펠로우쉽을 받는 동안 나는 '하빌리타치온Habilitation'을 쓰기로 결정했다. 독일 대학에서 교수가 되려면 하빌리타치온이라고 불리는 교수자격논문이 통과되어야만 한다. 지금은 주니어 교수라고 불리는 제도가 있어서 굳이 교수자격논문을 쓰지 않아도 독일 대학의 교수로 초빙받을 수 있다. 그러나 1990년대까지만 해도 독일에서 학자로 활동하려면 교수자격논문을 쓰는 것이 당연한 절차였다. 일종의 통과의례와 같은.

그때 내가 무슨 용기가 있어서 교수자격논문을 쓰겠다고 나섰는지 모른다. 박사를 마친 사람들 중에서 극소수의 선택된 사람들만 하빌리타치온을 제출할 기회를 얻기 때문이다. 나는 훔볼트재단의 박사후 펠로우쉽을 받아서 시작한 '유럽 사상가들의 동아시아관'에 대해 본격적으로 연구하고 싶다는 것 외에 별다른 생각을 하지 않았다. 박사 논문을 쓸 때부터 지도교수였던 자게 선생님은 내가 교수자격논문을 쓰는 것이 마치 당연한 일이라고 생각하시는 것 같았다. 나는 주정부가 주는 교수자격논문 작성을 위한 장학금도 받았다.

그러나 자게 선생님을 제외한 대부분의 사람들은 독일에서 태어나지 않은 외국인이, 그것도 정치사상사에 관한 주제로 교수자격논문을 쓴다는 것을 불가능한 일로 여기는 것 같았다. '20세기 초 독일의 국가론'을 분석한 나의 박사 논문이 독일의 유명한 출판사에서 나온 것만으로는 나의 능력을 못 믿는 것 같았다.

물론 어느 누구도 나한테 직접 그런 이야기를 하지는 않았다. 친절한 노교수님 한 분만 교수자격논문의 주제를 좀 더 쉬운 것으로 바꾸는 것이 어떻겠냐고 조심스럽게 물었을 뿐이다. 그는 라이프니츠, 칸트, 헤겔과 같은 사상가들의 저작을 분석하겠다고 나선 내가 무모해 보였는지, 그런 어려운 책들보다 읽기 쉬운 대중소설에 등장하는 동아시아와 중국을 분석해보라고 권했다.

그의 친절한 조언이 내 오기를 발동시켰다. 독일 사상사가 서구인들의 전유물이 아니라는 것을 증명해 보이고 싶었다.

당시 나는 독일 정치사상가들이 동아시아, 특히 유교 사회를 어떻게 보았는지에 관해 사상사적으로 연구하는 작업을 진행하고 있었다. 이 주제를 선택한 것은 1990년 대에 유행하던 아시아적 가치와 유교적 자본주의 담론 의 사상사적 뿌리를 찾고 싶었기 때문이다. 유럽의 지식 인들이 유교사회를 한편으로 지나치게 긍정적으로 이상 화하는가 하면 다른 한편으로 완전히 폄하하는 경향을 보이는 이유가 궁금했다. 20세기 초만 해도 막스 베버 와 같은 사회학자가 유교문화 때문에 중국에 자본주의 가 형성될 수 없다고 평가했는데, 1990년대에는 대부분 의 서구 학자들이 그와 정반대의 테제를 내세웠다. 유교 문화는 동아시아 국가들이 경제 발전에 성공할 수 있었 던 원동력이라고 주장한 것이다. 20세기 초와 20세기 말 에 동아시아의 유교문화가 천지개벽을 한 것도 아닐진 데 그런 주장이 서구의 학계와 미디어에서 그렇게 통용 되는 이유를 밝히고 싶었다.

박사후 연구과제를 진행하면서 확인한 것은 서구의 사상가들이 이미 17세기부터 자신의 정치적 담론의 필 요에 따라 유교를 긍정적으로 이상화하기도 하고, 유교

36

를 철학사상이 아니라 도덕 관습일 뿐이라고 폄하해왔다는 사실이다. 400여 년의 시간 동안 그들만의 담론을 통해 유교에 대한 이상화와 폄하의 패러다임이 몇 차례 교체된 것을 알 수 있었다. 교수자격논문을 통해 바로 이런 패러다임 변화의 역사적 배경, 원인을 분석할 계획이었다.

17세기부터 20세기까지 독일의 주요한 사상가 12명의 유교관을 분석하는 작업은 분명 커다란 도전이었다. 나는 그들이 어떤 경로를 통해 유교를 알게 되었고, 어떻게 유교를 자신의 사상 체계에 수용했는지 분석했다. 12명의 사상가들과 관련한 자료를 찾기 위해 독일 전역에 흩어져 있는 아카이브를 찾아다니기도 했다.

작은 수도원의 문서고에서 250년 전에 출판된 후 아무도 건드리지 않았던 책을 발견하기도 했다. 어느 누구도 읽지 않아서 책장이 아직 분리되지 않은 책, 면도날같이 예리한 칼을 들고 연결된 책장들을 하나씩 분리해가며 책을 읽는 기분. 분명 보물섬을 찾은 모험가가 느낄 법한 희열이었다.

가난한 대학생 헤르더Johann Gottfried Herder가 1764년에 대학에서 칸트의 '지리학 강의'를 듣고 작은 종이에 깨알같이 기록해놓은 담뱃갑만 한 작은 종잇조각도 문서고에서 찾았다. 헤르더는 독일 근대문화사에서 중요한 자리를 차지하는 사상가이다. 인류 문화의 다양성을 존중한 그는 칸트의 유럽 중심적 사유를 비판한 것으로 우리에게 잘 알려져 있다.

나는 칸트의 강의를 들으며 깨알 같은 글씨로 그 내용을 받아쓰던 헤르더의 모습을 상상해보았다. 헤르더가 기록한 칸트의 강의록은 돋보기로 읽어야만 알아볼 수 있을 정도로 글씨가 작았다. 1764년에 칸트가 중국 문명, 특히 공자의 사상에 관해 많은 호감을 가지고 있었다는 것을 알 수 있게 해주는 강의 내용이었다. 하지만 그 종이에 적힌 내용보다 나를 더 놀라게 한 것은 대학생 때 강의 시간에 적어놓은 작은 쪽지까지 잘 정리해서 남겨둔 헤르더 가족의 정성이었다.

나는 6년간의 연구 작업을 통해 700쪽에 달하는 교수자격논문 〈안티-유럽〉을 제출했다. 심사위원들로부터 "학문에도 정의가 있다면 이 논문이 정치학에서 갖는 지위가 문학에서 에드워드 사이드의 《오리엔탈리즘》이 차지하는 것과 유사한 것이 되어야" 할 거라는 과찬을 받았다. 그와 함께 내가 그런 어려운 주제를 다룰 수 없을 것이라고 의심하던 모든 사람들도 입을 다물었다.

지금도 나는 가끔 긴 시간 동안 쉽지 않은 작업을 진행하면서 포기하고 싶었던 적이 없었느냐는 질문을 받는다. 그러면 나는 독일에서 살기로 결정한 순간 나에게 하빌리타치온이 학계에서 살아남기 위한 일종의 자격증과 같은 것이 되었다고 설명해준다. 그때의 나에게 하빌리타치온을 포기하는 것은 학자가 되는 것을 포기하는 것과 같은 의미였다. 내가 선택한 주제를 분석하는 작업은 새로운 우주를 여행하는 것처럼 흥미 있고 즐거운 일이다. 어렵다고 포기해야 할 이유는 결코 없다.

동아시아 연구자들의 집결지, 도쿄

2000년 중반 교수자격논문을 마칠 무렵, 동아시아에 관해 더 많이 공부해야 할 필요가 있다고 느꼈다. 서구의 사상가들이 이야기하는 동아시아와 유교에 관해 분석했지만 실상 내가 동아시아 사회를 모르는 것은 아닌가 하는 스스로에 대한 의심 때문이었다. 그나마 스무 살이 될 때까지 살았던 한국 사회에 대해서는 계속 공부를 해왔지만, 다른 동아시아 국가에 대해서는 잘 알고 있다고 이야기할 자신이 없었다. 다른 사람들한테는 제대로 알지도 못하면서 동아시아를 도구로 삼고 있다고 비판하면서 정작 나 스스로 동아시아를 잘 알지 못한다면 그것은 학자로서 양심을 포기하는 것 같았다.

교수자격논문을 마치면 동아시아를 연구하는 사람들이 많이 모이는 동아시아의 기관에서 연구를 해보고 싶어서 이번에도 재팬파운데이션의 펠로우쉽에 무조건 지원했다. 한번 결정하면 무모하리만치 앞뒤 안가리고 저돌적으로 밀고 나가는 나의 성격을 잘 아는 남편은 나를 말리지 않았다. 오히려 그 계획을 실행에 옮길 수 있도록 도울 방법을 찾았다. 다행히 그도 도쿄에 있는 독일대사관의 주재원으로 근무할 기회를 얻었다. 그렇게 나는 2001년 1월 교수자격논문을 제출한 후 남편과 함께 도쿄로 이사했다.

그로부터 5년 동안 도쿄와 할레를 오가며 강의하고 연구하는 아카데믹 유목민 생활을 했다. 아오야마가쿠인 대학에 이어 주오대학에 객원연구원으로 적을 두었지만 실제로는 독일 정부기관인 독일일본연구소에 더 자주 들락거렸다. 그곳은 독일뿐만 아니라 세계 영미권에서 일본과 동아시아를 연구하는 학자들의 집결지였다.

그때까지 책과 논문으로만 알았던 많은 학자들과 얼굴을 맞대고 토론할 기회를 얻었다. 동아시아 자체를 연구 대상으로 보는 학자들의 네트워크에 들어가 한국, 일본, 중국을 오가며 함께 연구 프로젝트를 진행하는 새로운 경험도 할 수 있었다. 영미권의 동아시아 연구자들은 독일어를 학문 활동의 주언어로 쓰는 한국인 학자를 신기하게 여겼다. 일본에서 영어 또는 일본어로 진행하는 강연과 토론을 들으면서 독일어로 노트하는 한국인, 조금은 이상하게 보이는 조합일 것이었다.

한국 드라마 〈겨울연가〉가 일본에서 인기리에 방영되던 때가 나의 일본 체류 시기와 겹친 것은 행운이었다. 욘사마 붐 덕분에 주변의 일본 여성들과도 쉽게 친해질 수 있었다. 나는 〈겨울연가〉에 등장하는 배용준과 박용하를 그들이 왜 좋아하는지 열심히 듣고 함께 수다를 떨었다. 드라마의 한 장면, 한 장면 그 의미에 대해 물어보는 바람에 〈겨울연가〉를 스무 번은 본 것 같다. 텍스트 공부하듯이 집중해서 본 〈겨울연가〉의 대사를 나는 지금도 기억하고 있다.

이제는 나의 가장 친한 일본인 친구이자 학문적 동지가 된 도쿄대학교의 하야시 카오리 교수를 만난 것도 〈겨울연가〉와 한류에 대한 연구 덕분이다. 우리는 일본과 한국의 언론이 한류에 대해 보도하는 내용에 대해 토론하면서 함께 분노했다.

일본의 신문들은 한류가 오바상(아줌마)들만의 현상일 뿐이라고 폄하하는 반면, 한국의 언론은 한류와 관련해 한국 문화의 우수성만 부각시키고 일본 여성들에 관해서는 한마디도 언급하지 않는 현상을 비판적으로 분석하는 글을 공동으로 발표하기도 했다. 배용준이 주연을 맡고 직접 제작한 영화가 도쿄에서 개봉하던 날 현장 조사차 함께 보러 가기도 했다. 맨 앞에 앉아서 뒤를 돌아보니 500명이 넘는 관객 모두가 중년을 훌쩍 넘긴 여성들이었다.

나는 도쿄에서 보낸 시간을 아주 좋은 기억으로 가지고 있다. 도쿄에서는 만나고 싶은 사람들만 만날 수 있었다. 누군가를 꼭 만나야 하는 어떤 의무도 없었다. 교수자격논문을 마치고 독일 대학에 정교수로 임용되기 전까지 7년간 동아시아 현장을 직접 경험하며 동아시아와 독일을 오간 덕분에 쉽지 않았던 긴 기다림을 잃어버린 시간으로 만들지 않을 수 있었다.

두 통의 편지

2008년 여름, 나는 베를린자유대학교 한국학 교수로 초빙되어서 Professor Dr. 타이틀을 받았다. 독일에서 프로페서는 직업이 아니라 일종의 작위와 같은 것이다. 학교에서 강의하지 않아도 교수 타이틀은 항상 이름의 일부로 함께 사용된다.

교수자격논문 심사를 통과한 후 대학에서 정식으로 초빙받을 때까지는 사강사Privat Dozent라는 자격을 부여받는다. 이 타이틀은 전근대기에 독일 대학에서 강의할 수 있는 자격을 가졌지만 제후로부터 급여를 받는 정교수가 아닌 학생들로부터 수강료를 받는 교수를 부르는 것이었다. 독일 대학의 제도가 개혁된 후 학생들이 더 이상 개별적으로 수강료를 내지 않게 되었지만 사강사는 계속 존재한다. 교수 자격을 유지하기 위해서는 일 년에 한두 과목은 강의를 해야 하기 때문이다. 다른 대학으로부터 교수로 초빙되지 못한 사강사에게는 일정한 시간이 지나면 모교에서 정원외 교수 Ausserplanmaessiger Professor 자격을 준다. Apl. Professor라고 표기된 교수들이 바로 그런 경우에 해당한다.

2001년에 교수자격논문 심사를 통과하고, 2008년에 정교수로 초빙되었으니 나도 비교적 오랜 시간을 사강사로 일한 셈이다. 할레대학 정치학과 사상사 담당 교수 연구실 한 귀퉁이에 있는 창고같이 작은 방이 학교에서 내가 사용할 수 있는 유일한 연구 공간이었다. 학교에서 제도적으로 어떤 지원도 받을 수 없었던 나는 대부분의 시간을 도쿄와 서울에 있는 집에서 작업하고 집중적으로 강의를 진행할 때에만 할레에 갔다.

당시 나는 독일의 학계에 자리 잡기 위해 가질 수 있는 악조건 세 개를 모두 가지고 있었다. 젊은, 외국인, 여성. 지금은 독일의 대학에서도 젠더 의식이 강화되어서, 여성 교수의 비율을 높이기 위해 다양한 정책을 시도하고 있다. 국제화도 강조되어서 외국인 교수 비율을 높이기 위해 노력하는 학교도 있다. 그러나 2000년대 초반만 해도 독일 학계에서는 남성이 40세 이전에 교수 자격을 받으면 젊은 스타로 주목받지만, 아직 30대인 여성이 교수

45

자격논문 심사를 통과하면 젊은 여자가 무엇을 할 수 있냐고 묻는 기이한 일이 벌어진다는 이야기가 여성 학자들 사이에서 떠돌 정도였다.

함께 공부하던 친구들이 그런 이야기를 할 때 내가 바로 그런 경험을 할 당사자가 될 것이라고는 미처 깨닫지 못했다. 정치사상을 전공하면서 마흔이 되기 전에 하빌리타치온을 마치자, 친구들이 이야기하던 문제가 나의 현실이 되고 말았다. 그때 처음으로 독일에서 교수가 되는 것이 불가능할 수도 있겠구나 생각했다.

나이야 시간이 지나면 자연스럽게 해결될 문제였다. 그러나 한국 여성이 독일 남자가 되는 것은 절대 불가능한 일이다. 한국 여성인 내가 중세의 봉건적인 전통이 여전히 남아 있는 독일 대학에서 교수가 되겠다고 생각한 것 자체가 무모한 건 아닌지 스스로에게 물어보았다. 주변을 둘러보아도 외국인 여성 교수는 한 손으로 셀 수 있을 정도로 적었다.

보수적인 독일 학계는 젊은 외국인 여성에게 잔인하리만치 가혹했다. 교수자격논문이 통과될 때까지 나는 괴팅겐대학 사회과학부 수석 졸업, 정치재단 장학생, 훔볼트 펠로우, 그리고 주정부의 교수자격논문 장학금 등

젊은 학자가 쌓을 수 있는 최고의 성과를 차곡차곡 축적해왔다.

그럼에도 불구하고 어느 날 나는 독일연구재단의 전문가위원회로부터 한 통의 편지를 받았다. 그들은 나와 같은 조건을 가진 학자는 독일에서 교수가 되지 못할 것이라고 이미 단정해버렸다. 그런 이유로 교수가 될 자격을 받은 학자들에게 주는 하이젠베르크 장학금을 나에게는 줄 수 없다고 알리는 공식적인 편지였다. 쉽지 않은 일이라는 것은 이미 알고 있었고, 마음의 준비도 하고 있었지만, 공식 문서를 통해서 그런 이야기를 들으니 그동안 쌓아온 성과들이 하루아침에 무너지는 기분이었다. 내가 그때까지 해온 모든 연구가 '외국인 여성'이라는 타고난 존재 요소보다 의미가 없다는 것인지, 나는 누구라도 붙잡고 묻고 싶었다.

공부를 포기하기에는 알고 싶은 것이 너무 많았고 글을 쓰는 것이 여전히 재미있었다. 독일 대학에 내가 설자리가 없다고 해서 공부를 포기해야 할 이유는 없었다. 역사적으로 유명한 학자들 중에는 50이 넘을 때까지 교수로 초빙되지 못하고 사강사로 남아서 저술 활동을 계속한 사람도 많았다. 사회철학자 게오르그 짐멜Georg

Simmel도 쉰 살이 넘어서야 비로소 정교수로 초빙되었다. 반면 정교수가 되었지만 학문적 업적을 남기지 못한 사람도 많다. 나는 학자로서 의미 있는 성과를 내어서 '그들'에게 보여주자고 다짐했다.

내가 독일에서 교수가 될 수 없을 것이라는 내용을 담은 독일연구재단의 편지는 여전히 내 책상 서랍에 잘 모셔져 있다. 지금도 도저히 받아들이기 어려운 비합리적인 일을 겪을 때면 그 편지를 꺼내서 읽어본다. 그 어떤 비합리적인 일도 그 편지만큼 말이 되지 않는 일은 없기 때문이다. 나에게 하이젠베르크 장학금을 줄 수 없다는 독일연구재단의 설명에 분개한 동료들은 언젠가 그 편지를 공개할 때가 올 것이라고 했다.

2016년이 바로 그때였을 수 있다. 그해 여름 학술원 원장으로부터 베를린-브란덴부르크 학술원에서 나를 정회원으로 선출했다는 편지를 받았다. 베를린 시내 중심가 잔다멘마르크트Gendamenmarkt에 있는 학술원에서 함께 차를 마시자는 원장의 초대장도 들어 있었다.

1700년에 라이프니츠가 자신이 모시던 프러시아의 왕을 설득해서 베를린에 만든 바로 그 학술원이다. 학술원 건물은 아무런 장식이 없지만 아주 웅장하다. 곳곳에 라이프니츠를 비롯해 학술원 원장을 역임했던 역사적인 인물들의 흉상이 서 있다. 흡사 지식사 박물관 같은 느낌을 주는 곳이다. 이 건물에서 열리는 회의에 강연을 들으러 온 적은 있지만 내가 그들과 같은 정회원이 된다는 것은 꿈도 꿀 수 없는 일이었다. 왜냐하면 학술원의 정회원 중에 유럽인이 아닌 사람은 그때까지 한 명도 없었기 때문이다.

라이프니츠는 학술원이 유럽과 중국의 지성이 함께 모여서 인류 문명의 발전을 위해 교류하는 장이 되기를 바랐다. 그러나 설립 후 300년이 넘는 역사가 쌓이고 칸트, 헤겔, 아인슈타인을 비롯해 독일과 서구 학계에서 중요한 역할을 한 대부분의 학자들이 회원 명단에 이름을 올렸을 뿐, 비유럽 지역의 학자에게는 한 번도 그 문이 열리지 않았다. 회원 명단에 오른 몇 명의 일본학, 중국학 그리고 중동학 학자들 역시 모두 유럽인이다. 학술원 원장은 300년 된 학술원 역사에서 최초의 비서구, 동아시아 출신인 나를 정회원으로 모시는 것이라고 거듭 강조했다.

나는 이제서야 유럽중심주의의 테두리를 넘어서는 결정을 내린 학술원의 용기를 축하한다고 응답해주고 싶었지만 꾹 참았다. 대신 몇 년 전 베를린-브란덴부르크 학술원에서 공개 강연을 하면서 학술원의 창립자인 라이프니츠가 유럽이 중국에 선교사들을 파견하는 것처럼 중국도 유학 사상을 알려줄 수 있는 선교사들을 유럽에 파견해주면 좋을 것이라고 했는데, 300년이 지나서야 동아시아에서 온 내가 여기 서게 되었다고 농담조로 이야기했다.

함께 차를 마시던 학술원 회원들 모두가 웃었지만, 독일의 학술원은 지금도 계몽주의가 유럽 문화의 핵심적인 근간을 만든다고 믿는 원로 지식인들이 주류를 이루는 공동체이다. 백인 원로 남성 학자들에 의해 주도되는 그들만의 리그이다.

그런 조직에서 한국에서 태어나 독일에서 활동하는 50대 초반 여성 정치학자, 그것도 한국학과를 이끄는 교수를 정회원으로 선출한 것은 내가 생각해도 작은 센세이션이었다. 언론과 학계에서는 완고하고 보수적인 독일 학술원이 세계화된 학계의 변화를 느끼고 제도적인 변화를 추구하고 있다는 것을 보여주는 상징적인 사건이라고 평가했다. 학술원이 나를 정회원으로 선출한 이유는 정치사상 연구에 새로운 방법론을 정착시켰기 때문이라고 했다. 교수자격논문에서 시작한 나의 연구가 독일 학계에 중요하게 기여했음을 학술원을 통해 확인받은 셈이다.

이로써 나는 외국인이 독일 정치사상사를 분석할 수 없을 것이라고 의심하던 사람들에게 증명해 보이겠다는 나와의 약속을 지켰다. 나와 같은 학자는 독일에서 교수가 될 수 없을 것이라는 공식 문서를 작성했던 독일연구재단의 학술위원회에 보기 좋게 한 방 날린 것이다. 이제는 그들이 보내온 편지를 공개할 필요도 없어졌다.

나는 한국에 계신 진덕규 선생님께 전화를 드렸다. 공부하는 사람 방해하면 안 된다고 내가 있는 곳에 한 번도 놀러 오지 않으셨던 분이다. 독일에서 전화를 드리면 항상 좋은 학자가 되라는 말씀만 하셨다. 내가 박사 학위를 받았을 때, 교수자격논문 심사를 통과했을 때, 베를린자유대의 교수가 되었을 때에도 선생님은 칭찬 대신에 "좋은 학자"가 되라고만 당부하셨다.

나는 어떤 학자가 되어야 우리 선생님 보시기에 좋은 학자일까 항상 궁금했다. 그런 분이 내가 학술원 정회원으로 선출되었다는 소식에는 눈물을 흘리셨다. 목이 메인 채 "잘했다, 수고했다"는 말씀만 반복하셨다.

한국학이라는 학문을 하는 교수

베를린-브란덴부르크 학술원은 예술회관에서 열리는 공개 행사를 통해 새로 선출된 정회원을 일반 시민에게 소개한다. 학술원 원장은 나를 소개하면서 '한국학'이라는 학문이 있는데 정치학자인 내가 지금 자유대학교의 한국학연구소를 이끌고 있다고 설명했다.

학술원 원장이 한국학이라는 학문이 있다고 이야기할 정도로 독일인들에게 한국학은 생소한 학문이다. 이미 1912년에 베를린자유대에 중국학과와 일본학과가 개설되었지만 한국학과는 2008년에 부임한 내가 첫 번째 정교수였다.

정치학과에서 정치사상사를 교육하고 연구할 수 있는 기회와 베를린자유대학교에 새로 생긴 한국학과 교수로 모든 것을 처음부터 만들어야 하는 책임을 떠맡아야 하는 자리 사이에서 나는 후자를 선택했다. 깊게 고민하지 않고 내린 결정이었다. 베를린자유대의 정교수가 되는 것에 대한 로망이 크게 작용하지 않았다고 하면 거짓말이다. 분단 시기 서독에서 공부한 사람에게 베를린자유대학교는 그만큼 특별한 의미를 갖는 곳이다. 그런데 돌이켜 생각해도 베를린자유대 한국학과의 첫 번째 교수가 된 것은 내가 지금까지 내린 결정 중에 가장 잘한 선택이었다.

정치학과에서 활동할 때는 한국과의 연결 고리가 많지 않았다. 일 년에 한 번 휴가 때 한국에 가는 정도가 다였다. 그리고 한국에 가면 나는 항상 손님일 뿐이었다. 일상에서 사용하는 언어뿐만 아니라 연구를 위해 사용하는 언어 또한 독일어가 주언어였다. 영어와 일본어, 한국어로 된 논문들을 읽고 토론하지만 독일어를 쓰는 것이 훨씬 편했다. 국적을 바꾼 것은 아니었지만 나는 그냥 독일 정치학자일 뿐이었다.

그러나 한국학과 교수가 되면서 한국의 모든 것이 나의 관심 대상이 되었다. 아침에 일어나면 인터넷을 통해 한국의 언론 기사부터 검토하는 것이 일상이 되었다. 연구소에 가면 일상적으로 한국어를 사용하고, 일 년에 한 번이 아니라 적어도 여섯 차례는 한국에 간다.

덕분에 독일에 딸을 빼앗겼다고 불평하시던 어머니가 이제는 딸 얼굴을 자주 볼 수 있다고 행복해하신다. 절대로 다른 학과로 자리를 옮기지 말고 한국학과에 남아 있으라는 당부도 잊지 않는다. 한국에 자주 출장 가지만 그 기간이 길어야 일주일을 넘기지 못하니 실제로 얼굴을 볼 수 있는 시간은 얼마 되지 않는다. 호텔에서 잠깐 얼굴만 보고 헤어져야 할 때도 있다. 그래도 일 년에 한 번 길게 휴가 오는 딸보다 짧게라도 여러 번 만날 수 있는 딸이 더 좋다고 하신다. 어머니를 위해서라도 내가 한국학 교수가 되기로 한 것을 후회하지 않게 만들어야 했다.

교수 한 명 없이 독일인 한국어 선생님이 소장직을 대행하고 있던 베를린자유대학교의 한국학과 겸 한국학연구소의 초대 소장이 된다는 것은 새로운 도전이었다. 한국이 어디에 있는지도 모르는 사람들이 대부분인 독일에서 한국학을 공부하려는 학생들이 있을지, 한국에 대해서 어떤 관심도 보이지 않는 독일과 유럽의 학계에서 한국학을 각인시키는 데 기여할 수 있을지 모든 것이 미지수였다.

그때부터 내 생활의 모든 것은 한국학 만들기와 한국 알리기에 맞추어졌다. 개인적인 시간은 책상에 앉아서 글을 읽고 쓸 때뿐이었다. 지금도 새벽에 일어나 오전 10시까지 작업하는 6시간을 제외하면, 나의 하루 일과는 연구소에서 또는 한국과 관련된 일로 채워진다. 집으로 초대하는 사람들 또한 한국과 관련된 일을 하거나 한국에서 온 손님들이다. 휴가는 자연스레 한국으로 출장 가는 것으로 대체되었다. 나의 일을 자신의 일처럼 여기는 남편은 불평하지 않고 연구소에 필요한 잡일부터 손님 마중 나가는 것까지 다 도와준다.

휴가를 생명처럼 여기는 독일인 동료들은 그런 나를 가엽게 여긴다. 우리 학부의 사무총장은 그러다 병이 나면 안 된다고, 휴대폰과 노트북을 빼앗고 무인도로 휴가를 보내야 내가 휴식을 취할 것 같다고 농담처럼 말하기도 했다.

그러나 새로 만들어져서 우리 학교 내에서조차 아무런 존재감도 없는 한국학과에 활력을 불어넣기 위해서는 내가 가진 모든 것을 쏟아부어도 모자랐다. 한국학 연구소를 키우기 위해서 연구와 교육, 그리고 외부 활동까지 그 어느 것도 소홀히 해서는 안 되었다. 나는 독일어로 "황금알을 낳고 털과 우유를 생산하는 돼지goldene eierlegende Wollmichsau"가 되어야만 했다.

베를린, 베를린

2008년 여름 베를린으로 이사했다. 베를린은 독일 역사에서 분단체제의 상징이자 분단의 극복을 상징하는 공간이다. 분단 시기 동안 치열한 대립과 갈등의 근원지였고, 동시에 갈등을 해소하고 합의를 만들어낸 곳이다. 1990년에 통일된 독일의 수도 베를린은 유럽의 중요한 관광지이자 새로운 문화예술의 중심지가 되었다.

분단 시절의 베를린과 1990년대 초반의 베를린을 기억하는 사람은 세계적인 문화예술의 중심지로 발전한 오늘날의 베를린 거리를 걸으면 마치 꿈을 꾸는 듯한 기분일 것이다. 장벽에 둘러싸였던 분단 도시의 암울한 분위기, 전쟁의 흔적이 그대로 남아 검게 그을린 동베를린 구도심의 공허함은 이제 모두 사라졌다.

동독 체제에서 폐허가 될 뻔했던 동베를린의 시가지

는 고풍스러운 옛날의 모습을 완전히 되찾았다. 장벽이 세워진 후 방치되었던 포츠담 광장과 슈프레강변에도 새로운 건물들이 들어섰다. 고급스러운 상점이 늘어선 동베를린의 중심가 프리드리히 거리를 오가는 행인들의 발걸음은 여유롭고 생기 있다.

베를린에서 가장 아름다운 장소라고 하는 잔다르멘마르크트의 콘서트하우스 앞 광장은 까페에 앉아 거리 악사의 연주를 즐기는 사람들과 그 옆을 바쁘게 오가는 사람들로 북적인다. 브란덴부르크문에서부터 오페라하우스를 지나 베를린 돔과 다시 복원된 베를린성까지 이어지는 운터덴린덴 거리를 걷다 보면 누구나 19세기 유럽의 강자였던 프러시아제국의 위풍을 온몸으로 느낄 수 있을 것이다.

물론 지금 베를린의 모습은 2차 대전 이전, 그러니까 1920년대와 1930년대 문화적 황금기를 누렸던 시기의 베를린과 같지는 않다. 그러기에는 너무 많은 건물들이 파괴되었다. 2차 대전 중에 베를린 건물의 3분의 1 정도가 폭격으로 파괴되었다. 1945년 이후에는 현대화의 이름으로 전쟁 중에 파괴된 것과 유사할 정도로 많은 건물들이 철거되었다. 그 자리에 새로운 건물이 들어선 곳도 많지만 분단으로 인해 빈 공간으로 남아 있는 경우도 많았다.

통일 이후에 베를린이 세계적으로 유명한 건축가들이 가장 선호하는 건설 공사장이 될 수 있었던 것은 그런 공간이 많았기 때문이다. 포츠담 광장의 많은 빌딩들, 베를린 중앙역, 유대박물관을 비롯해서 연방수상청과 연방의회 의원회관 등 모두 세계적으로 유명한 건축가들의 작품이다. 베를린 시정부는 세계적인 스타 건축가들에게 건축을 의뢰할 때 도시 전체의 분위기에 어울리는 건축물을 만들어줄 것을 요청했다. 그 결과 높지 않고 우아한 스카이라인이 조성되고, 역사를 품은 베를린 도심의 거리가 재생되었다.

건물이 사라진다는 것은 그곳에 담긴 역사가 잊혀진다는 것을 의미할 수도 있다. 그러나 통일 이후 베를린은 역사를 잊은 공간이 아니라 기억을 품은 도시가 되었다. 도시 중심의 브란덴부르크문에서 별로 멀지 않은 공간에 만들어진 홀로코스트 추모 공간과 분단의 흔적을 그대로 보여주는 베를린 장벽의 검문소 체크포인트 찰리 Checkpoint Charlie, 이스트사이트 갤러리, 나치 테러의 참상을 보여주는 '테러의 지형도' 박물관, 티어가르텐 한가운

데에 있는 나치에 희생된 동유럽의 유목민 '신티와 로마'를 위한 추모공원에 이르기까지 역사가 기억되는 방식을 볼 수 있는 장소들이 정말 많다. 이 공간들은 누구에게도 역사의 한 단면을 특정 방식으로 이해해야 한다고 강요하지 않는다. 그저 기억의 공간으로서, 잊지 말고 성찰해야 한다는 것을 온몸으로 느끼게 해줄 뿐이다.

그렇게 역사를 품은 도시가 된 베를린은 지금 세계 곳곳의 젊은이들이 꿈과 열망을 안고 모여드는 공간이 되었다. 저녁이면 한산해지는 독일의 다른 도시들과 달리 베를린 시내 중심가에서는 밤에도 젊은이들의 웃음소리가 끊이지 않는다. 곳곳에 있는 작은 극장에서는 다양한 실험극들이 무대에 오르고, 젊은 음악가들과 화가들의 작품을 소개하는 이벤트가 계속 열리고 있다.

분단 시기 서베를린의 부촌이었던 베를린 서남쪽의 달렘과 그뤼네발트 지역의 거리 분위기와 동베를린 주민들이 선호하던 주거 지역이었던 팡코와 헬러스도르프의 거리 분위기는 지금도 여전히 다르지만 그들만의 방식으로 베를린이라는 대도시의 다양한 일상을 함께 만들고 있다.

그런 베를린은 여전히 한국인들의 가슴을 설레게 하는 도시이다. 나는 지금도 포츠담 광장과 브란덴부르크

59

문을 잇는 도로 바닥에 가늘게 새겨져 있는 장벽의 흔적을 보면 울컥한다. 분단된 우리의 현실이 더 아프게 다가오기 때문이다.

1989년 장벽이 무너지던 날, 동독과의 국경에서 그리 멀지 않은 괴팅겐에서 살았던 나는 베를린에 와볼 생각을 하지 않았다. 그때는 베를린뿐만 아니라 독일 전역이 역사적 변화의 현장이었다. 괴팅겐 시내가 물밀듯 밀려오는 동독 주민들의 차량으로 가득 차던 날, 놀라운 변화에 감격한 얼굴로 서로 전혀 모르는 사람들끼리 부둥켜안고 눈물 흘리는 모습을 보면서 나도 함께 울었다. 그때 처음으로 내가 분단된 나라의 국민이라는 사실을 뼈저리게 느꼈다. 그 후로 통일과 분단 문제는 나의 연구에서 중요한 한 축을 차지하는 주제가 되었다. 독일의 통일 경험을 한국에 전달하는 데 조금이라도 힘을 보태기 위해 한국과 독일 간에 열리는 회의에 통역을 자처하기도 했다.

교수가 되기 전 통일에 관해 공부하기 위해 독일을 방문하는 한국의 공무원, 정치인 들과 함께 여러 차례 이 도시를 방문했을 때도, 내가 언젠가 베를린에서 살게 될 것이라고는 상상도 하지 못했다. 괴팅겐에서 공부할 때부터 베를린은 여러 가지 의미에서 이상향과 같은 곳이었기 때문이다. 그럼에도 내가 결국 이 도시로 오게 된 것은 하늘이 내게 통일과 분단 문제를 제대로 공부할 기회를 주신 것이라고 생각한다.

베를린에 사는 한국인으로서, 독일의 한국학 선생으로서 평화로운 한반도의 미래를 위해 할 수 있는 일이 있다면 주저하지 않으리라 다짐했다.

독일 통일 배우기

베를린은 한국에서 독일 통일 문제를 공부하러 오는 사람들이 많이 찾는 곳이다. 한 달에도 몇 차례 통일연수단이 찾아온다. 나는 통일에 관해 배우려고 하는 사람들이 면담을 요청하면 어떻게든 시간을 낸다. 평화롭게 통일된 독일의 수도 베를린에서 살고 있는 한국인 학자가 당연히 해야 할 일이기 때문이다.

그래서 한국의 통일부로부터 독일 통일과 관련된 정책 문서를 수집하고 분석하는 연구 프로젝트를 맡아줄 수 있냐는 제안이 왔을 때에도 다른 일이 많아서 어려울 것 같다고 거절하지 못했다. 그때만 해도 이 작업이 그렇게 오래 걸릴 것이라고 생각하지 않았다. 그러나 독일 통일과 관련된 정책 문서를 모으는 작업은 실제로 하나의 새로운 나라를 만드는 것과 같은 거대한 역사를 정리하는 일이었다. 독일 연방문서국 청장과 독일 연방정부 신연방주특임관실에서는 그것은 불가능한 일이라고, 시작할 생각도 하지 말라고 말렸다.

하지 말라면 오히려 오기가 발동하는 반골 기질 때문인지 나는 우리 연구소에 독일 통일 연구팀을 꾸렸다. 한국학연구소가 왜 독일 통일을 연구하느냐고 묻는 사람은 아무도 없었다. 분단의 경험을 공유하기 때문에 한국이 독일의 통일 경험을 체계적으로 공부하려고 하는 것에 대한 공감대는 존재했다.

연구원들이 문서를 수집해서 분석하고 정리해주면, 내가 한국어로 해제와 요약을 쓰는 작업이 2018년까지 이어질 것이라고는 예상하지 못했다. 그래서 겁 없이 덤벼들었을 수도 있다. 9년이라는 긴 시간 동안 1년 중 5개월은 총서 집필에 집중했다. 오랜만에 한글로 글을 쓰는 작업이었다. 5000개의 문서를 요약하고, 정책을 설명한 '독일통일총서' 30권이 2018년에 완성되었다.

'독일통일총서'에 실린 문서들은 모두 통일 이후 독일 연방정부가 체제 전환 과정에서 사회·정치·경제적 통합을 위해 펼친 정책과 관련된 것이다. 통일 문제에 관해 고민하는 연구자와 실무자들이 독일 통일에 관해 공부할 수 있는 기초 자료가 만들어진 것이다. 이것은 지금도 독일 통일에 관해 공부하는 다양한 그룹의 연수 자료로 사용되고 있다.

　평화적인 방법으로 분단을 극복하고 통일된 하나의 국가를 만든 독일의 경험이 우리에게 주는 시사점은 수없이 많다. 성공적인 정책뿐만 아니라 실패한 경험도 우리에게는 반면교사가 될 수 있기 때문이다. 그중 가장 눈에 띄는 것은 통일을 달성하는 것과 통일 이후 하나의 체제를 만드는 것은 본질적으로 상이한 문제라는 것이었다. 어떤 방식으로 통일이 이루어지든 함께 살아갈 수 있는 하나의 체제를 만들기 위해서는 서로의 삶의 경험을 존중해야만 한다는 것을 독일은 우리에게 보여주고 있다. 나는 '독일통일총서'에 그런 시사점을 모두 담기 위해 노력했다.

　'독일통일총서'가 완간되었을 때, 이 프로젝트를 해보자고 처음 제안했던 통일부의 실장님은 자신이 기대했던 것보다 훨씬 더 훌륭한 작품을 만들어줘서 고맙다고 했다. 완성된 총서를 받아 본 독일 연방문서국 청장은 믿을 수 없다는 표정으로 나를 바라보았다. 그리고 진심으로 축하해주었다. 신연방주특임관실의 국장과 실무자들은 지금도 독일 통일과 관련된 정책 문서에 관해서는 내가 자신들보다 더 잘 알고 있다고 추켜세운다. 이 작업 덕분에 나는 지금도 독일 통일과 관련된 문제는 대부분 어느 정도 깊이 있게 설명할 수 있게 되었다.

2010년에 시작해서 2018년에 총서 작업을 종료할 때까지 한국에서는 정부가 세 번 바뀌었다. 이 프로젝트를 담당하던 통일부의 공무원도 여러 차례 바뀌었다. 그런 변화에도 중간에 포기하지 않고 이 프로젝트를 마칠 수 있었던 이유는 단 하나, 지금 내가 이 일을 하지 않으면 앞으로 아무도 하지 않을 것이라고 생각했기 때문이었다. 독일 통일과 관련된 기초 자료를 정리해두면 한국의 연구자들과 공무원들에게 두고두고 도움이 될 거라고 보았다.

'독일통일총서' 작업을 토대로 한국과 독일같이 문화가 다른 지역 간에 정책 경험을 이전하는 효과적인 방법을 실험해보는 연구 프로젝트를 발전시킬 수 있었다. 2013년에서 2015년까지 3년간 독일연구재단의 지원을 받아 실제로 베를린으로 연수 오는 공무원들을 대상으로 실험해볼 수 있었다. 이 실험을 통해 얻은 연구 결과를 바탕으로 정책 경험 이전 방법을 심화하기 위한 연구 작업이 지금도 계속 진행 중이다.

나는 이 연구 작업을 통해 독일 통일의 주역들을 많이, 그리고 자주 만났다. 동독 개혁정부의 총리였던 한스 모드로우Hans Modrow와 로타 드 메지에르Lothar De Maizière 외에도 많은 사람들과 오랫동안 만나면서 연구를 넘어 좋은 친구가 되었다. 나는 그들과 함께 독일 통일의 경험에 관해 이야기하면서 한반도의 분단과 평화, 통일 문제에 관해서도 많은 이야기를 나누었다.

정치적 입장과 견해의 차이에도 불구하고 그들이 하나같이 하는 이야기는 독일이 통일될 수 있었다는 사실에 감사한다는 것, 한국도 언젠가 독일과 같은 행운을 누릴 수 있게 되기를 기원한다는 것이었다. 그런 이야기를 들을 때마다 울컥한 마음이 드는 것은 학자이기 전에 한국 사람이기 때문일 것이다.

독일 통일과 관련해 진행한 다양한 연구 프로젝트 덕분에 나는 한국과 독일 정부가 구성한 다양한 자문회의의 구성원으로 활동했다. 2010년에 구성된 한독통일자문회의에는 ('독일통일총서') 작업을 위해 처음부터 참여하기 시작해서 지금은 한국 측 자문위원으로 계속 활동하고 있다.

2014년에는 독일 외교부가 한독외교통일 안보자문회의의 독일 측 멤버로 나를 임명했다. 이 자문회의는 2017년에 최종 보고서를 제출하고 종료되었다. 회의가 열린 3년 동안 독일 정부 대표단으로 회의에 참석한 유일한 여성 자문위원인 한국인 교수 때문에 여러 차례 웃지 못할 소동이 벌어졌다.

한국 외교부 건물에서 회의를 마치고 슈타인마이어 Frank-Walter Steinmeier 외교부 장관(현재는 독일의 대통령)과 자문위원들이 판문점으로 이동해야 할 때였다. 한국 외교부 직원이 나를 한국 쪽 통역하는 대사관 직원으로 오해해서 직원용 버스로 안내하는 바람에 대표단의 출발이 늦어졌다. 한국 외교부 직원이라면 한국 여성이 세계를 누비고 있다는 이야기를 분명히 들었을 텐데, 독일 자문위원에 한국 여성이 있을 것이라고는 생각하지 못했던 것 같다. 영어나 독일어로 대화를 나누었더라면 내가 누구인지 한 번 더 확인해보았을 텐데, 하는 아쉬움이 들었다.

독일 통일에 대한 연구와 그와 관련된 여러 공적인 활동 덕분에 2019년에 한국 정부로부터 국민훈장 모란장을 받았다. 통일부 장관으로부터 훈장을 수여받던 날, 같은 자리에 있던 분들의 면면을 보면서 내가 이렇게 큰 상을 받아도 되는 것인가 싶어 몸 둘 바를 몰랐다. 한국인 연구자로서 해야 할 일을 한 것뿐인데 너무 과분한 칭찬을 받았기 때문이다. 그에 대한 보답을 하기 위해서라도 베를린에서 한국학을 잘 키워나가야겠다고 다짐했다.

김일성대학교와 조선 서원

베를린에서 통일과 관련해 내가 해야 할 일들은 다양한 형태로 계속 늘어났다. 한번은 평양의 김일성대학교로부터 우리 학교와 교류 협력을 하자는 연락이 왔다. 냉전이 한참 진행 중일 때에도 동서 양 진영의 학자들이 교류하는 중요한 창구가 되었던 자유대학이 그 제안을 거부할 리 없었다.

김일성대학과의 교류 협력 여부를 검토하는 것이 나의 임무가 되었다. 자유대와 한국 대학들 간의 교류를 총괄하고 있으니 김일성대학과의 교류 또한 내가 담당하는 것은 당연한 일이었다. 그때처럼 내가 자유대학교 교수가 된 것에 감사했던 적이 없다.

2015년 나는 자유대학교 대표로 독일 연방의회 의원단과 함께 난생처음 평양을 방문했다. 자유대학교와 김일성대학 간의 교류 협력 프로그램을 논의하고, 북한과 협력하는 독일 민간단체들의 주도로 평양에서 열리는 국제회의에서 그 결과를 소개하는 것이 구체적인 방문 목적이었다.

베이징을 거쳐 평양을 다녀오는 길은 알 수 없는 아픔과 슬픔이 혼재된 시간이었다. 비행기가 압록강을 건너 북한 영토로 들어가는 순간부터 순안공항에 도착할 때까지 말로 표현하기 어려울 정도로 여러 가지 감정들이 몰려왔다. 그것은 미지의 땅에 들어가는 호기심이 아니었다. 같이 간 독일 의원들과 시민단체의 대표들이 느끼는 것과 다를 수밖에 없는 한국인만이 느끼는 뜨거운 감정이었다.

김일성대학교에서는 한국 국적을 가진 여교수가 독일 베를린자유대학교의 대표로 평양에 온 것에 적잖이 당황하는 눈치였다. 나중에 다시 평양을 방문했을 때 들으니 그때는 북쪽 관계자들이 독일 대표단에 웬 한국 여성이 있냐며 나를 만나려고 하지 않았다고 한다. 그럼에도 불구하고 5일간의 평양 방문은 꽉 찬 일정으로 정신없이 지나갔다.

북한을 방문한 외국인들이 갈 수 있는 곳은 거의 모두 다닌 것 같다. 차를 타고 여러 곳을 다니면서 평양의 거리 풍경에도 익숙해졌다. 익숙함이 주는 편안함 때문인지 나는 엉뚱한 실수를 하기도 했다.

　2015년 평양에서는 미래과학자거리의 건설 공사가 한창 진행 중이었다. 아침마다 건설현장에서 울리는 것 같은 행진곡이 우리가 머무는 숙소에도 들려왔다. 그것이 공사현장에서 울려 퍼지는 것이 아니라 출근하는 평양 시민들을 응원하는 음악이라는 것은 나중에야 알았다.

　나는 채소 가게의 간판에 '남새'라고 쓰여 있는 것을 보고 그것이 북쪽의 사투리라고 우겼다. 동행한 김일성대 국제협력부 선생님들은 난감해하는 눈치였다. 남새가 오래된 순수한 우리말인데 그것도 모르는 이 선생. 그들은 얼마나 답답했을까.

　'군밤과 군고구마'라는 간판을 단 길거리 상점을 지날 때에는 차에서 내려 군고구마를 사자고 졸라서 그들을 더 난처하게 했다. 아직은 군밤과 군고구마를 팔지 않는다는 그들의 말을 나는 믿지 않았다. 나중에 우리 연구팀과 함께 11월에 다시 평양에 갔을 때 거리에서 군고구마를 사 먹었을 수 있었다. 군고구마를 파는 매대 앞에 기다리는 줄이 꽤 길었다. 찬바람이 부는 11월 평양의 거리에서 먹는 따뜻한 군고구마는 꿀처럼 달고 맛있었다. 실제로 10월까지는 군고구마를 팔지 않는다는 이야기를 그때 들었다. 서울에서도 추운 겨울이 되어야 고구마를 굽는 고소한 냄새를 맡을 수 있는 것과 마찬가지다.

김일성대학의 역사학과 교수들과 앞으로 함께 교류 협력할 수 있는 주제인 "조선의 서원書院"에 관한 워크숍도 열었다. 그들은 조선사와 사상을 연구하는 학자들이었다. 평양에 체류하는 시간이 짧아서 북쪽에 있는 서원을 답사할 시간이 부족한 것이 유감이었다. 다음에는 직접 서원을 답사할 수 있도록 프로그램을 준비하자고 이야기했다.

당시 나는 16세기 중반 이후 약 100년 동안 조선 각지에 세워진 서원이 성리학적 지식의 전파와 발전 과정에서 담당한 역할을 분석하는 연구과제를 진행하고 있었다.

한국 유교 전통문화에 크게 관심이 없더라도 한국인이라면 대부분 안동의 도산서원은 알고 있다. 천원권 지폐의 앞면에는 퇴계 이황 선생이, 그리고 뒷면에는 도산서원이 그려져 있기 때문이다. 반면 은병정사, 소현서원을 아는 한국 사람은 거의 없다. 황해도 석담이 북한 지역이기 때문이다. 5천원권 지폐 앞면에는 율곡 선생의 초상이 그려져 있지만 뒷면에는 은병정사가 아니라 그의 어머니 신사임당의 작품인 초충도가 그려져 있다. 율곡이 노래한 〈고산구곡가〉의 무대인 석담계곡에 자리한 소현서원도 한국인들에게는 잊혀진 문화유산이 되었다.

조선 서원의 역사는 남한 지역에 세워진 서원으로만 이루어진 것이 아니다. 북한 지역에도 곳곳에 서원이 세워져 있다. 개성의 숭양서원은 개성의 역사유적으로, 이미 2013년에 유네스코 세계문화유산에 등재되었다. 숭양서원뿐만 아니라 황해도 벽성군의 소현서원과 평양의 용곡서원도 오늘날까지 그 모습이 잘 보존되어 있다.

베를린으로 돌아와서 우리 학교 총장단에 북한 서원 연구의 원활한 진행을 위해 김일성종합대학교와 인문사회과학분야에서 교류 협력 양해 각서를 교환할 것을 제안했다. 학생 교류까지 포함하는 협력의 틀을 만들 필요가 있었다. 그리고 나는 2018년에 우리 학교 총장이 서명한 그 문서를 들고 다시 평양에 갔다. 김일성대학교에서 개최한 국제학술대회에 참가할 우리 연구소의 서원 연구팀과 함께.

두 번째 방문 때에는 김일성대학의 도움을 받아서 북쪽에 현존하는 서원을 답사할 기회를 얻었다. 가장 먼저 찾은 서원은 개성의 숭양서원. 개성까지는 평양에서 170킬로미터, 도로 상태가 비교적 양호하기 때문에 자동차로 3시간 정도 가면 된다고 했다.

우리는 이른 아침에 출발해서 일찍 개성에 도착할 계획이었다. 평양 시내의 분주한 아침을 뒤로하고 상큼하게 고속도로로 나서자 도로가에 활짝 핀 코스모스와 수확을 앞두고 있는 황금색 벼의 물결이 어우러진 풍경이 발목을 잡았다. 한반도 북녘의 가을이 주는 정취를 카메라에 담고 싶다는 우리 팀원들의 요청을 무시할 수 없었기 때문이다. 옥수수와 고추를 볕에 말리려고 지붕 위에 얹어놓은 시골집들은 그야말로 한 폭의 그림 같았다. 사진을 찍기 위해 가다 서기를 계속 반복한 우리 버스는 예정보다 늦게 개성에 도착할 수밖에 없었다.

숭양서원은 사진 자료가 비교적 많이 남아 있어 잘 알려져 있는 곳이다. 정몽주의 집터에 지어진 서원 여기저기에 정몽주의 흔적도 남아 있었다. 정몽주가 출근하기 위해 말을 탈 때 디뎠다고 하는 노둣돌과 퇴근길 말에서 내릴 때 디뎠다고 하는 노둣돌 두 개가 여전히 서원 문 앞을 지키고 있었다. 정몽주와 서경덕의 충절과 학문을 기리기 위해 세웠다는 이 서원은 주변에 여러 개의 비석이 있다. 그중 서원과 관련된 것이 있을 수 있기에 우리는 모든 비석의 비문을 사진 찍었다. 개성의 유적과 서원의 흔적을 자세히 살펴보기에는 이틀의 일정도 너무 짧았다.

두 번째로 찾은 서원은 평양의 용곡서원. 평양 근교의 용악산에 있는 용곡서원은 유학자 손보혁 한 사람만을 배향한 작은 서원이다. 관리인들이 서원을 어떻게 관리하고 있는지 자세히 설명해주었다. 가능하면 원형을 보존하기 위해 노력을 기울이고 있다고 강조한다. 비교적 작은 규모의 용곡서원은 기와에서부터 돌담까지 모두 옛것이 그대로 남아 있다는 느낌을 주었다. 손보혁의 위패를 촬영하기 위해 들어간 사당은 경외감이 들 정도로 정갈했다.

이 서원을 방문한 관람객들이 전통문화 체험의 일환으로 붓글씨를 쓰고 인증 도장을 받아 간다고 했다. 서원 정문 위에 만들어진 누각에는 먹과 벼루, 화선지가 놓여 있는 작은 책상이 있었다. 다음 날 소현서원 가는 길에 우리가 용곡서원을 다녀왔다고 안내원에게 말하니까 그는 붓글씨를 써보았냐고 물었다. 그에게 서원은 그저 유원지의 하나였다. 그리고 그에게 우리는 연구자가 아니라 북에 온 관광객일 뿐이었다.

평양을 떠나기 하루 전에 소현서원에 갔다. 평양에서 사리원, 신천, 재령을 거쳐 황해도 벽성군까지 거리는 140킬로미터이지만 도로 상태가 좋지 않아서 아침 일찍 출발해야 한다고 안내원이 설명해주었다. 4시간에서 4시간 반 정도 걸린다고 했다. 소현서원을 직접 볼 수 있다면 몇 시간이 걸려도 상관없다는 우리의 이야기에 안내원은 서원 하나가 뭐 그렇게 중요하다고 법석을 떠냐며 웃었다. 석담리까지 가는 동안 나는 안내원에게 우리 팀이 왜 그렇게 소현서원을 직접 보기를 원하는지 열심히 설명해주었다. 남에서도 율곡 선생은 애국자로 인정받고 있다는 설명과 함께.

사리원과 신천을 지나 소현서원이 있는 벽성군 석담리까지 가는 길은 말 그대로 시골길이었다. 농부가 수확한 작물을 가득 실은 소달구지를 끌고 가는 그런 길이다. 햇빛에 반사된 흙길은 황금빛을 뿜어냈다. 길옆 논에서는 벼가 익어가고, 밭에는 수확한 옥수수가 쌓여 있었다. 어느 지점에선가 짐을 가득 실은 소달구지와 벤츠 승용차가 마치 전통과 현대를 상징하는 것처럼 우리 앞에 나란히 나타났다. 이 장면을 놓칠 수 없다는 듯 달리는 버스 안에서 모두 열심히 카메라 셔터를 눌렀다.

석담리 이정표를 지나서 한참 가니 율곡 선생이 〈고산구곡가〉를 노래한 석담계곡의 정경이 눈에 들어왔다. 그리고 다리 건너에 소현서원이 눈에 보였다. 시계를 1570년으로 돌려놓은 것처럼 옛 모습을 그대로 간직한 채, 단아한 자태를 보여주었다. 돌다리를 대신한 콘크리트 다리를 건너, 아무것도 변한 게 없을 것 같은 소현서원에 들어서자 율곡 선생이 은병정사의 대청에 앉아서 강독하는 소리가 들릴 것만 같았다.

  은병정사는 퇴계가 지은 도산서당과 달리 크고 우아하다. 성리학자로 안빈낙도만 추구한 것이 아니라, 백성을 위하는 국가 경영을 고민하던 정치학자로서 율곡의 면모를 보여준다. 율곡 선생의 위패를 모신 사당 건물의 단청은 신사임당이 그린 식물 그림을 연상시킨다.

  소현서원에서 평양으로 돌아오는 길, 설렘과 아쉬움이 뒤엉켜 만감이 교차하는 기분이었다. 북쪽에 지금까지 남아 있다고 하는 3개의 서원을 모두 방문하고, 건물의 원형이 잘 보존된 것에 기뻤지만 한편으로 아쉬움이 남는 것은 어쩔 수 없었다. 무엇보다 소현서원에도 다른 서원들과 마찬가지로 현판 외에 조선의 서원에 있어야 할 백록동규나 서원 규약이 걸려 있지 않아서였다. 이런 자료들은 서원이 소장했던 서원지 외에 다른 책, 책판들과 함께 평양으로 옮겨졌다고 한다.

김일성대학교 도서관과 인민대학습당에 소장되어 있는 서원 관련 자료를 직접 보기 위해서 우리는 다음 해에 다시 평양에 갔다. 세 번째 가는 길이라 익숙해서인지, 이번에는 비행기가 압록강을 건널 때에도 긴장하지 않았다. 연구 프로젝트를 위해 다른 곳에 답사하러 갈 때와 별다른 느낌이 없었다. 평양 순안공항에 마중 나온 김일성대학의 선생님들은 마치 오래된 친구처럼 우리를 반갑게 맞이했다.

김일성대학의 역사학과 선생님들은 도서관이 소장한 자료 중에서 서원과 관련된 고문서 목록을 정리해주었다. 처음 만났을 때 이 선생은 왜 서원에만 관심을 갖느냐며 웃던 북쪽의 선생님들이 꼼꼼하게 문서를 찾아주었다. 소현서원을 건립할 때 필요한 재원을 조달한 문서를 전달받을 때는 흥분으로 손이 덜덜 떨릴 정도였다. 인민대학습당 도서관에서 소현서원지를 본 우리 연구팀원들은 다리가 후들거린다고 호들갑을 떨었다. 남쪽에는 전해지는 것이 없는 이 고문서들을 체계적으로 연구할 수 있도록 스캔한 복사본을 만들어주겠다는 제안에 우리는 환호했다. 다시 베를린으로 돌아와 독일연구재단이 지원하는 프로젝트를 통해 평양의 인민대학습당에 있는 문서의 복사본을 구입할 비용을 지출해도 좋다는 승인을 받았다.

우리는 지금 북한의 고문서 스캔본을 가지러 갈 날만 기다리고 있다. 팬데믹이라는 복병이 우리의 평양 가는 길을 가로막았기 때문이다.

베를린에 온 특별한 손님

2020년 1월, 김일성대학교 학생 12명이 베를린에 왔다. 이들은 베를린자유대학교가 김일성대학교와의 협력관계 속에서 초청한 학생들이었다. 김일성대학교 독일어문학과 학생들은 2014년에도 베를린에 수학여행을 왔었다. 그러나 김일성대학 학생들이 자유대학교 학생으로 정식으로 등록해 학생증을 받고 계절학기 수업에 참여한 것은 이번이 처음이었다.

북한 학생들이 외국의 대학에서 공부하는 것이 흔한 일은 아니다. 내가 학생들을 초청하자는 아이디어를 처음 제안했을 때 대부분의 사람들은 그것이 가능하겠냐고 물었다. 그러나 그것을 실현하는 데 도움이 필요하면 이야기하라며 응원해준 사람이 더 많았다. 연방대통령 슈타인마이어와 그의 부인도 적극 응원해주었다. 독일

연방의원단이 평양에 갈 때 나를 함께 데리고 갔던 코쉭 Hartmut Koschyk 전 의원은 북에서 학생들이 오면 자신도 꼭 만나게 해달라고 부탁했다. 김일성대학교 학생들이 베를린자유대학교의 계절학기에 참석했다는 소식은 한국에서뿐만 아니라 독일과 유럽의 언론에서도 많은 관심을 보였다.

베를린자유대학교 계절학기 프로그램은 세계 각국에서 학생들이 참가하는 국제대학 프로그램이다. 독일어 어학 수업과 함께 독일과 유럽의 문화와 역사 외에 글로벌한 문제에 관한 다양한 수업이 진행된다. 평양에서 온 학생들은 14개 국가에서 온 150명의 학생들과 함께 강의를 들었다. 그리고 통일된 베를린을 상징하는 브란덴부르크문과 포츠담 광장, 분단되었던 독일의 역사를 그대로 보여주는 동서베를린 경계 지역의 검문소 체크포인트 찰리와 베를린 장벽 기념관에서 이루어진 현장학습에 함께 참여했다. 그들은 그렇게 자유대학교의 새로운 동문이 되었다.

계절학기가 끝나고 난 후, 북한 학생들을 담당했던 선생님들은 평양에서 온 자유대의 새로운 동문들이 좋은 학생들이었다고 칭찬했다. 독일어를 배우려는 열의가 인상적이었다고 한다. 독일 학생들과 함께 토론하는 것도 주저하지 않았다고 한다. 김일성대학 학생들이 계절학기에 참가한 다른 학생들보다 친절하고 예의가 바른 선한 젊은이들이었다고 강조했다. 수업이 시작되기 전에는 북한 사람을 한 번도 만나본 적이 없어서 김일성대학의 학생들이 오면 어떻게 해야 할지 모르겠다고 우려하던 선생님들이었다. 이제는 북한 학생들이 언제 다시 오는지 묻는다. 다음에도 그들을 맡고 싶다고 한다.

베를린에 있는 3주 동안 김일성대학 학생들은 북한 사람을 만난 경험이 전혀 없는 독일 사람들에게 좋은 인상을 남기고 돌아갔다. 독일 사람들이 북한에 대해 아는 것은 언론을 통해 전해지는 극도로 부정적인 이미지뿐이다. 북한에서 온 학생들을 만난 독일인들은 그들이 다른 나라에서 온 학생들과 전혀 다르지 않은, 젊고 발랄한 대학생이라는 사실에 놀라워했다. 언론을 통해 알고 있는 북한의 이미지와 베를린에 온 명랑한 젊은 대학생들이 주는 인상이 완전히 달랐기 때문이다.

현장학습을 위해 방문한 독일 기관의 담당자 중에는 자신이 만나고 있는 코레아에서 온 학생들이 당연히 남한에서 왔을 것이라고 생각한 사람도 있었다.

연방수상청을 방문했을 때 중년의 한 독일인은 이들에게 "징그러운 북한은 이제 좀 조용하냐"는 질문을 던졌다. 자신들이 바로 그 징그러운 북한에서 온 학생들이라고 하자 그는 얼굴이 빨개지며 당황했다. 그리고 자기가 미디어에 얼마나 강하게 영향을 받고 있는지 깨달았다면서 그들에게 사과했다. 학생들과의 짧은 만남을 통해 새로운 것을 배우게 되었다며 고맙다고도 했다.

독일의 주요 일간지 《프랑크푸르트 알게마이네》는 베를린에 온 북한 학생들에 관해 크게 보도하면서 자유대학교가 북한 체제를 도와주는 것이라고 부정적으로 평가하는 사람도 있다고 전했다. 2018년에 우리가 김일성대학교와 교류 협력을 위한 양해 각서를 교환할 때에도 그런 비판이 있었다. 분단된 베를린에서 자유를 수호하기 위해 세워진 자유대학교가 독재자의 이름을 딴 대학교와 교류하면 안 된다고 주장한 사람도 극소수 있었다. 독일 외교관 중에도 그런 이야기를 하는 사람이 더러 있었다.

그러나 자유대학교의 교수들을 비롯한 독일의 지식인들과 일반 시민들은 대부분 자유대가 해야 할 일을 했다며 격려해주었다. 특히 냉전 시기 베를린을 경험한 사람들은 대학이 아니면 누가 교류를 위한 창구 역할을 하겠느냐고 했다. 베를린이 그런 역할을 할 수 있다는 것이 기쁜 일이라고 말하는 사람도 있었다. 김일성대학과의 교류 협력을 위해 도움이 필요하면 언제라도 나서겠다고 했다. 독일과 유럽에서 가장 잘 알려진 경영철학자 헤르만 시몬Hermann Simon 교수는 북한 학생들을 초청하는 프로그램이 성사된 것은 무척 고무적인 사건이라고 평가했다. 젊은이들 간의 만남의 장을 만들어주는 것보다 평화를 위해 좋은 일은 없다는 메시지도 함께 보내왔다.

실제로 2020년 1월에 열린 베를린자유대학교 계절학기는 남북한 대학생들의 자연스러운 만남의 장이 되었다. 프로그램에 참가한 150여 명의 학생 중에 코레아에서 온 학생이 90명이 넘었기 때문이다. 김일성대학 학생 12명 외에 홍익대, 부산대, 충남대에서 온 약 80명의 한국 학생들이 수업을 함께 들었다. 같은 기숙사 건물에서 함께 지낸 학생들도 있었다.

3주간의 수업을 마치고 종강하던 날 이들은 계절학기 졸업식장을 유쾌한 파티장으로 만들었다. 여기저기서 함께 웃고 떠드는 모습은 마치 한국의 여느 대학 종강파티와 다를 바가 없었다. 누가 남쪽에서 오고 누가 북쪽에서 왔는지 구분하기조차 쉽지 않았다.

바로 3주 전만 해도 북에서 온 학생들에게 말을 걸어도 되는지 물어보던 남쪽의 학생들이었다. 입학식에서 김일성대학교 교수에게 정말로 북에서 왔냐고 물으면서 손을 한번 만져봐도 되냐고 묻던 학생도 있었다. 북한 사람과 말을 나누면 귀국한 후 관계기관에 잡혀가거나 다른 불이익을 당하는 것이 아닌가 걱정한 학생도 있었다고 한다. 그러나 서로에 대해 가지고 있던 마음의 장벽이 사라지고, 남과 북의 학생들이 함께 어울리기까지는 3주가 채 걸리지 않았다. 매일 아침 등굣길에 남북 학생들 수다 때문에 버스 안이 시끄러웠다고 한다.

중국에서 발생한 코로나 때문에 평양으로 들어가는 항로가 폐쇄되던 날, 김일성대학교 학생들은 우여곡절 끝에 베이징까지 비행기로 이동한 뒤 기차를 타고 무사히 돌아갔다. 그들이 떠난 후, 몇몇 한국인 학생들이 북한 학생들과 만나 이야기해보고 싶었지만 '북한주민접촉신고'를 사전에 하지 못해서 3주간 학교에 오지 못했다고 아쉬워하는 이야기를 들었다.

외국에 살아도 대한민국 국민은 모두 북한 사람과 접촉하는 일이 생길 경우 반드시 통일부에 신고해야 한다.

접촉 신고를 하지 않으면 국가보안법 위반으로 처벌받을 수 있기 때문이다. 그러나 본인이 계획한 것이 아니라 우연히 만난 거라면 사후에 신고하면 된다. 한국 학생이 베를린자유대를 방문한 김일성대 학생들과 만나는 것도 이에 해당하는데, 이런 규정을 정확히 몰라서 벌어진 일이다.

나는 마음이 무거워졌다. 콘크리트 장벽보다 더 엄격한 제도의 실체가 느껴졌기 때문이다. 북한 학생들을 초청할 때마다 이런 일이 발생할 수도 있다고 생각하니 우리의 현실이 더욱 슬프게 다가왔다.

하지만 만남의 기회가 많아지면 그런 슬픈 현실도 변할 것이다. 그래서 해마다 정기적으로 김일성대학의 학생들을 베를린으로 초청할 계획을 세웠다. 그런 나의 계획을 듣고 김일성대학교 독문과 교수들이 가장 기뻐했다. 가능하다면 김일성대 학생들만 베를린에 초청하는 것이 아니라 우리 학생들을 데리고 평양에 가볼 계획이다. 나는 우리 학생들을 데리고 서울과 평양에서 서머스쿨을 진행하는 모습을 상상해보았다.

베이징을 경유하지 않고 서울에서 평양으로 직접 갈 수 있는 날이 언젠가 올 수도 있지 않을까. 하지만 팬데믹이 그런 꿈을 꾸는 것조차 방해하고 말았다. 아직은 코로나로 막힌 길이 다시 열리지 않고 있다.

　현재로서는 북쪽 학생들을 다시 초청할 수도 없게 되었다. 그러나 닫힌 문이 다시 열린다면 졸업식 때 오겠다고 약속한 김일성대학의 학생들, 함께 서원 연구 작업을 시작한 역사학과 선생님들을 다시 보기 위해서라도 서울과 평양을 잇는 공간을 베를린에 만들기 위해 노력할 것이다.

2부

함께 만드는 한국학

2016년 송광사에서의 템플스테이

한옥 정자를 품은 아르데코 빌라

    2018년 여름 우리는 그때까지 사용하던 작은 빌라를 떠나 새 건물로 이사했다. 내가 처음 부임했을 때 단 세 명만 근무했던 한국학연구소가 10년 사이에 폭발적으로 성장해서 파벡슈트라세Fabeckstrasse에 있던 건물이 비좁아졌기 때문이다.

  새로 이사한 곳은 넓은 정원과 아르데코 양식의 장식이 눈에 띄는, 우리 학교에서 가장 멋진 건물 중에 하나로 손꼽히는 빌라이다. 학생식당과 강의동, 학생회관 등 학교에서 중요한 건물들이 모여 있는 달렘의 중심에 있는 오토 폰 심손 슈트라세Otto-von-Simson Strasse 11번지의 정원이 넓은 빌라는 여러 학과에서 서로 들어오려고 탐을 내던 곳이다.

  이 건물은 원래 1927년에 유대인 사업가가 자신의 가족을 위해 지은 것이다. 나치 치하에서 그는 이 집을 독일인에게 헐값에 양도해야만 했다. 그리고 1943년, 베를린의 유대인들이 매일같이 아우슈비츠의 강제수용소로 송환되는 것을 본 주인 부부는 스스로 목숨을 끊었다고 한다. 2차 세계대전이 종료된 후 서베를린 법원은 이 건물의 매도가 강제 경매가 아니었는지 조사했다. 독일인 주인은 정상적인 절차를 밟아서 매수한 것이라고 주장했지만, 1954년에 원주인의 후손들과 합의하고 보상금을 지불했다고 한다. 우리 학교의 역사를 기록한 사학자들에 따르면 그것은 이 건물의 매도가 자의에 의해서 이루어진 것이 아니라는 사실을 말해주는 것이라고 한다.

이 건물은 2차 대전 중에 폭격으로 심하게 파손되었다. 건물 맞은편에 있던 과수원에 설치된 항공기 사격에 쓰이는 고사포 탓에 이 지역이 집중 공습을 받았기 때문이다. 고사포가 있던 자리가 바로 지금의 자유대학교 강의동과 학생식당이 있는 자리이다.

우리 학교는 1951년부터 이 건물을 사용하고 있다. 1960년대에 서베를린 시정부가 이 건물을 매입해서 자유대학교에 넘겨주었다고 한다. 1951년부터 2015년까지 고고학과가 이 건물을 사용했다가 2015년에 역사문화학부 소속 14개 '작은 학과'들이 새로 지은 강의동으로 이전할 때 함께 옮겼다.

　2016년 우리가 새로 이사할 빌라의 리모델링 공사가
시작되었다. 공사하면서 가장 먼저 눈에 띈 것은 건물 앞
쪽에 있는 큰 정원이었다. 그때부터 어떻게 하면 정원을
통해 이곳이 한국학과 건물이라는 것을 금방 알아볼 수
있게 만들 수 있는지에 대한 고민이 시작되었다. 정원이
워낙 커서 정자를 세워도 될 것 같았다.

　얼마 전까지 포츠담 광장에는 창덕궁 낙선재의 '상량
정'을 실측해 만든 정자 '통일정'이 서 있었다. 2015년 독
일 통일 25주년과 한국 광복 70주년을 기념해 세운 것이
다. 지금은 티어가르텐 근처에 있는 한국대사관 정원으
로 옮겨서 그것이 한국의 건축물이라는 것을 누구나 알
수 있다. 그런데 통일정이 포츠담 광장에 서 있었을 때
독일 시민들은 이 정자를 '중국 건물'이라고 불렀다. 위
키피디아에도 통일정은 차이나하우스로 등록되었다.

　독일 사람뿐만 아니라 서구인들은 동아시아적인 것은
무조건 중국 또는 일본 것으로 간주한다. 그렇기 때문에
우리 연구소가 들어갈 새 건물의 정원에 세워질 정자는
중국도 일본도 아닌 '한국'이라는 것을 분명히 보여주어
야만 했다.

학교 건물의 공사를 주관하는 행정 책임자에게 포츠담 광장의 통일정 사진을 보여주면서 그와 유사한 정자를 정원에 세우는 것에 관해 이야기했다. 2010년에 장승을 세울 때에도 그의 적극적인 지원이 있었기 때문에 아무 문제 없이 일사천리로 일을 진행할 수 있었다. 한국학연구소의 정원에 한국의 전통적인 건축물을 세우겠다는 아이디어가 마음에 들지만 필요한 비용은 학교에서 지원해주지 않을 것이라는 이야기가 돌아왔다. 그것은 어쨌든간에 정자를 지어도 좋다는 허락이었다.

하늘은 스스로 돕는 자를 돕는다는 말을 무조건 믿는 것은 아니지만, 그래도 나중에 후회하지 않기 위해 최선을 다해보기로 했다. 전통적인 양식의 정자와 관련된 온갖 자료와 사진을 검색하던 중에 우연히 교포 신문에서 정자의 사진이 실린 기사를 발견했다. 2017년 9월에 독일 프랑크푸르트에 있는 응용예술박물관에서 열린 한옥박람회, 'K-하우징페어'에 관한 내용이었다. 이 행사를 주관한 한옥박람회 조직위원회의 홈페이지 주소를 찾아 메일을 보냈다. 프랑크푸르트에 세워진 정자와 유사한 것을 베를린에 세우려고 하는데 어떻게 하면 되는지 알려달라고 도움을 청했다. 한옥박람회 조직위원회에서 기사의 사진에 실린 정자를 해체해서 지금 한국으로 운

반하는 중이라는 답이 왔다. 나무를 실은 트럭이 함부르크의 항구로 가는 중이라고. 연구소의 정원에 정자를 세우기 위해 필요한 비용을 마련할 수 있을지 모르는 상황이었지만 일단 운전대를 무조건 베를린으로 돌려달라고 했다.

그런 다음 나는 비용을 마련할 방법을 고민하기 시작했다. 마침 우리 연구소에 방문학자로 와 계시던 연세대학교의 백영서 선생님이 베를린에 한옥 정자를 세우는 것은 한국의 미를 세계에 알리는 것이라며 아모레퍼시픽재단과 연결해주어서 정자 건축 비용을 지원받을 수 있었다.

2018년 초여름 함부르크로 향하던 정자의 목재가 베를린에 도착했다. 정자를 세우기 위한 구체적인 준비 작업을 할 전문가도 한국에서 왔다. 한옥 정자를 세울 기반을 닦는 작업은 정원 공사를 맡은 독일 회사에서 진행했다. 정자를 짓는 비용은 학교에서 도와주지 않을 것이라고 이야기했던 행정 책임자는 정자를 지을 준비를 하고 있다는 이야기를 듣고는 믿을 수 없다는 표정을 지었다. 나와 함께 일하면서 한국 여성의 추진력에 여러 차례 놀란 그였지만 이번에는 심하게 놀란 것 같았다. 그리고 정자를 짓기 위해 필요한 기반공사 비용을 건물의 리모델링 공사비에 추가하라고 했다.

건물을 설계할 때부터 정원 한가운데에 테라스를 만들 계획이었기 때문에 정원의 기본적인 틀을 바꾸지 않고 정자를 세울 수 있는 기초공사를 할 수 있었다. 한국에서 온 전문가들은 기초공사를 하도 튼튼하게 해놔서 그 위에다 고층 빌딩을 올려도 될 정도라고 했다.

한국에서 온 장인들이 못을 하나도 쓰지 않고 마치 레고를 조립하는 것처럼 나무판을 끼워 정자 세우는 모습을 독일인들은 넋을 놓고 바라보았다. 커다란 나무망치를 들고 나무 기둥을 툭툭 치면서 제자리를 잡아주는 모습을 보던 독일인 건축 설계사는 그 자체로 멋진 예술이라며 감탄했다. 한옥 정자를 세우는 작업에 감동해서인지 건축 설계사들이 정자의 건축 허가를 받는 데 도움을 주었다.

어떤 건축 공사이든 먼저 건축 허가를 받고, 비용을 마련해서 건축을 시작하는 것이 당연한 순서일진대 우리 연구소 정원의 정자 공사는 결국 완전히 정반대의 순서로 이루어졌다. 건축 준비부터 시작하고 비용을 구하고 정자를 세우고 난 후에 건축 허가가 나왔다. 간절하게 바라면 엄격한 독일의 관료주의도 어느 정도 융통성을 보여주는 것이라고 그냥 믿기로 했다. 적어도 2018년 여름에는.

아르데코 양식의 장식을 가득 담고 있는 한국학연구소 빌라와 한옥 정자는 마치 처음부터 그 자리에 함께 서 있었던 것처럼 잘 어울린다. 이곳 사람들은 우리 정자를 차이나하우스라고 부르지 않는다. 한국의 전통적인 건물이라는 것을 이미 알고 있다. 그래도 확실하게 해두기 위해 정자에 대한 자세한 설명을 포함한 안내문을 울타리에 걸어두었다.

주말이면 산책하다가 멈춰 서서 안내문을 읽거나 정자 앞에서 사진 찍는 사람들을 꽤 자주 볼 수 있다. 학교 홍보팀 소속 사진 작가들은 '베를린자유대에서 가장 아름다운 장소 10곳' 중에 하나로 한국학연구소의 정원을 선정했다. 우리 연구소를 처음 방문하는 사람들도 정자 덕분에 어렵지 않게 찾을 수 있다고 이야기할 정도로 정자는 이제 이 지역의 랜드마크가 되었다.

2018년 10월 2일, 연구소의 이전을 기념하는 대규모 학술행사로 한옥 정자의 상량식과 리셉션이 성대하게 열렸다. 100년 전에 가족을 위해 빌라를 지었던 유대인 부부를 위한 위령제도 겸한 상량식이었다. 베를린에 거주하는 조계종 소속 병오 스님이 이 의식을 주관했다. 우리 학생들은 유대상점에서 유대인을 위한 특별한 빵을 사서 제사상에 올렸다.

상량식은 베를린에 주재하는 남한과 북한의 대사가 함께 참석해서 더욱 의미 있는 행사가 되었다. 정자의 대들보에 상량문을 봉합하기 위해 남과 북의 대사가 함께 망치를 붙들고 못질했다. 정자의 기둥에 막걸리를 뿌리며 고수레를 하고 함께 절을 올리는 역사적인 모습이 연출되었다. 베를린이기에 가능한 일이었다.

그날의 사진을 보면 남과 북 두 대사와 그들 사이에 서서 팔짱을 낀 나까지 해서 마치 조국은 하나라는 것을 상징적으로 보여주는 것 같다. 물론 미리 계획한 것은 아니었다. 그냥 내 손이 서로의 마음을 알고 그렇게 움직였다.

한국의 화초가 자라는
베를린의 정원

 한옥 정자가 세워진 우리 정원 꽃밭에 한반도
에서 자라는 단풍과 철쭉, 무궁화와 수국을 심었다. 정원
의 가장자리에는 배롱나무와 매화나무를 각각 세 그루
씩 심어달라고 부탁했다. 그런데 배롱나무라고 심은 나
무가 여름이 아니라 봄에 꽃을 피운다. 백일홍처럼 오래
꽃을 피우는 것도 아니었다.
 독일의 배롱나무는 한국의 배롱나무와 다른 것 같다
고 믿기 시작할 무렵 식물을 잘 아는 선생님이 우리 연구
소에 합류했다. 그는 우리 정원에 심어진 나무가 배롱나
무가 아니라 유럽 산사나무라고 알려주었다. 매화라고
심은 나무도 매화가 아니라 겹벚꽃나무라고. 하지만 이
나무들도 역시 한국에서 볼 수 있는 나무들이라 해서 바
꿔 심지 않고 그냥 키우기로 했다.

한옥 정자가 세워진 정원의 대부분은 잔디밭이다. 잔디는 정성 들여 가꾸지 않으면 잡초로 무성해질 수 있다. 학교에서 위촉한 조경회사는 정원을 조성한 후 1년 동안만 정기적으로 관리해주었다. 그 후부터는 몇 달에 한 번 잔디만 깎아주고 꽃밭은 아예 관리해주지 않는다는 설명을 들었다.

한옥 정자가 있는 정원이 제대로 가꾸어지지 않으면 정자의 아름다움에도 손상이 갈 것 같았다. 우리 연구소의 재정으로 조경회사에 정원 관리를 위탁하기에는 경제적 부담이 너무 컸다. 그래서 내린 결론은 내가 운동 삼아서 일주일에 한 번 직접 잔디를 깎는 것이었다.

어려서 마당이 있는 집에 살았어도, 정원을 관리하고 화초를 가꾸는 것에는 전혀 관심 없던 사람이 나였다. 식물들 이름 모르는 게 당연하고, 말과 조랑말을 구분하지 못해서 남편한테 놀림받아도 내가 그것을 알아야 할 필요가 있냐고 묻던 사람이 바로 나였다. 하지만 식물과 동물에 관심 없어도 우리 정원이 아름답게 유지되려면 내가 직접 나서는 수밖에. 고용계약서에 명시된 것 외에는 자기 일이 아니라고 주장하는 것을 당연한 것으로 여기는 독일의 직장 문화를 거스르고 연구소의 누군가에게 정원일을 하라고 지시할 수는 없는 노릇이었다.

나는 일단 잔디 깎는 기계부터 구입하고, 잔디와 정원 관리 요령을 공부했다. 책에 쓰여 있는 대로 봄이면 화단을 정리하고 가을에는 낙엽을 치우고 잔디를 깎아주었다. 잎들이 지는 가을에 정원을 치우는 일은 마치 산사에서 낙엽을 쓸면서 명상하는 것 같아 나름 즐거움을 느끼기도 했다.

연구소 식구들은 내가 그 일이 좋아서 직접 나섰다고 생각하는 것 같았다. 그래서인지 정원에서 일하는 상사를 보아도 도움이 필요한지 한마디 물을 생각도 하지 않았다. 그냥 "수고하세요"라는 말만 던지고 지나갈 뿐. 독일에서 그렇게 오래 살았으면서도 이런 상황을 아무렇지 않게 받아들이지 못하는 나를 발견하기도 했다. 이것이 문화 차이인지 세대 차이인지 그 원인에 대한 합리적인 분석을 하기 전에 폭발 직전까지 가려는 마음을 다스리기 위해서는 늦가을 잔디 위에 떨어지는 나뭇잎을 치우는 시간보다 더 오랜 시간 명상이 필요했다.

잔디 깎기 기계의 소음에 익숙해지고 명상이 점차 필요 없어지기 시작할 무렵 나보다 정원을 더 좋아하는 박

101

정혜 선생님이 연구소에 합류했다. 정원 관리의 고수 덕에 아마추어인 나는 뒤로 밀려났다.

덕분에 한국학연구소 정원의 꽃밭은 철마다 한국의 산과 들에서 피는 꽃들로 가득 차게 되었다. 달맞이꽃, 바람꽃같이 이름도 모르던 꽃들이 연구소 입구의 화단에 자리 잡았다. 정원 전체를 감싸듯이 잔디밭 가장자리를 따라 가득 핀 수선화를 보며 봄을 맞는 행복도 누릴 수 있었다.

수선화가 필 무렵이면 오래전부터 정원에 있었던 미라벨나무가 꽃망울을 터트릴 준비를 한다. 하얀색과 분홍색의 꽃이 흐드러지게 피었다가 지고 나면 자두와 맛과 색이 비슷한 미라벨 열매가 열린다. 나뭇가지마다 가득 달린 열매를 따서 잼을 만드는 것도 이제는 또 하나의 연례행사가 되었다.

미라벨에 생강과 계피, 그리고 브랜디를 넣어서 잼을 만드는 일 또한 명상과 같은 과정이다. 잼 담을 병을 삶아서 소독하고 한 병, 한 병 조심스럽게 잼을 담아 거꾸로 세워 진공 상태로 만들면 오랫동안 보관해도 상하지 않는다.

나는 미라벨 잼을 만들어 한국학연구소 식구들과 우

리를 도와주는 분들에게 선물한다. 한국학과의 울타리를 넘어 한국의 정을 함께 나누어준다.

80벌의 한복

2023년 여름 한국에서 한복 80벌을 가져와 깨끗이 손질했다. 비단과 모시에 곱게 물든 색이 영롱해서 모두 함께 걸어놓으니 한 폭의 크고 멋진 그림이 되었다. 날씨가 좋았던 10월의 하루, 50명이 넘는 신입생들에게 한복을 입혀서 연말에 전 세계로 보낼 연하장에 들어갈 사진을 찍었다.

자유대 한국학과 교수로 부임한 첫해, 베를린의 한국문화원을 방문한 신입생들이 그곳에 있던 한복 몇 벌을 돌려가면서 입고 사진 찍으며 즐거워하던 모습을 보고 나는 그들에게 한복을 체험해볼 기회를 만들어주면 좋겠다고 생각했다. 지금처럼 외국인에게 한복을 대여해주는 가게가 없던 시절이었다. 우리 학생들에게 한복은 그림을 통해서만 볼 수 있는 옷이었다.

한국학 교수로 새로 부임한 나를 응원해주는 한국의 지인분들에게 입지 않는 한복을 모아달라고 부탁했다. 그분들은 다시 주변의 친구들에게 연락해서 장롱 속에 묵혀두었던 한복들이 비행기를 타고 멀리 독일까지 날아왔다. 그렇게 모은 한복 20벌을 곱게 차려입은 우리 학생들과 설날 잔치를 벌였다.

학생 수가 아직 그렇게 많지 않을 때에는 학생들과 선생님들이 전부 모여서 떡국을 먹고, 1학년이 준비한 설날 잔치를 즐기는 것이 가능했다. 1학년 학생들이 한복을 입고 절하는 방법을 배워서 연구소의 가장 어른인 페니히 선생님 부부에게 세배도 하게 했다. 학생들은 설날에 세배를 하고 세뱃돈을 받는 풍습과 독일의 크리스마스 풍습이 본질적으로 다른 것이 아닌 것 같다고 이야기하기도 했다.

고백하자면 독일에서 공부하는 동안 나는 한국의 명절을 아예 잊고 살았었다. 한국학 선생님이 되고 나서야 우리 학생들을 위해 명절을 챙기기 시작했다. 학생들에게 한국 문화를 피부로 느끼게 해주고 싶었기 때문이다. 우리 연구소에서 신입생들이 한복을 입고 설날 잔치 하는 것을 본 방문학자 선생님들이 한복을 모아서 보내준 덕분에 그사이 한복이 더 많아졌다. 지인들에게서 한복을 받아서 전해주신 분도 있고, 집안 친척들의 한복을 모두 모아 주신 분도 있다.

우리 연구소의 첫 번째 방문학자로 와서 독일의 선거제도와 한국의 선거제도를 비교하는 책을 완성한 선거관리위원회의 전선일 국장님은 귀국한 후 선거관리위원회 직원들에게 장롱 깊숙이 들어 있는 입지 않는 한복을 자유대 한국학과에 기증하자고 제안했다고 한다. 그분은 그런 식으로 모은 40벌이 넘는 한복을 일일이 세탁하고 새로 동정을 달아서 보내주었다. 한국에서 독일까지 운송하는 길에 더러워지지 않게 한 벌씩 잘 접어 비닐로 포장해서 보내주신 정성이 너무 고마워서 몸 둘 바를 모를 정도였다.

신입생들이 한복을 체험하는 날, 우리 연구소는 한복패션쇼장으로 변한다. 아침 일찍부터 2학년 학생들이 모여서 신입생들이 한복을 입고 입학 기념 사진을 찍을 수 있도록 옷장에 있는 한복을 꺼내서 다리고 바람을 쐬인다. 선배들에게서 배운 '한복 입는 법'을 잘 기억하고 있는지 유튜브 영상을 보며 확인해보는 친구도 있다. 신입생들에게 옷고름 매는 법을 가르쳐가며 한복 입는 것을 도와주기 위해서이다. 한 해 전만 해도 선배들의 도움을 받으며 한복을 입고 어쩔 줄 몰라 하던 학생들이 1년 사이에 선배 노릇을 하겠다고 나서니 기특할 수밖에.

문제는 온라인에 돌아다니는 한복 입는 동영상 중에 치마 입는 방법을 완전히 잘못 보여주는 것들이 많다는 사실. 언젠가 치마를 돌리지 않고 그냥 뒤에서 묶어주는 바람에 신입생의 엉덩이가 훤히 드러난 것을 보고 웃음을 터트린 적도 있다.

신입생 전원에게 한복을 입히는 일은 사실 생각만큼 간단한 일이 아니다. 그래서 한복 입는 날은 연구소에 와 계신 여성 방문학자 선생님들까지 포함해서 한복을 입을 줄 아는 선생님들이 모두 나서서 학생들을 한 명, 한 명 붙잡고 옷을 제대로 입었는지 챙겨주어야 한다. 한복에 어울리도록 머리도 묶어주고, 옷매무새를 가다듬어 준다.

키와 체격이 아주 큰 학생들도 한복을 입어볼 수 있게 해주는 일은 해마다 해결해야만 하는 중요한 과제였다. 몇 겹의 치마를 겹쳐서 입히고 마고자를 저고리처럼 입힐 수 있으면 그나마 다행. 도무지 해결책이 없을 때를 위해 초대형 사이즈의 사물놀이 옷까지 구해두었다.

107

신입생들은 한국이나 독일이나 다르지 않다. 모두 아주 발랄하다. 한복 치마를 입고도 마구잡이로 뛰는 학생도 있다. 한복 입고 케이팝에 맞추어 춤을 추는 친구들에게 치마를 잘못 밟으면 넘어질 수 있으니 조심하라고 당부하는 소리가 들릴 리 없다. 단체사진을 찍을 때까지만이라도 옷고름의 매무새를 잘 챙기라고 부탁하지만 그것도 쇠귀에 경 읽기. 그냥 다 포기하고 학생들과 함께 어울려 즐기는 수밖에.

신입생들이 한복 입는 날은 항상 전문 사진작가가 와서 사진을 찍어준다. 개별 사진, 그룹 사진, 단체사진 종류별로 찍다 보면 반나절이 정신 없이 지나간다. 대부분의 학생들은 셀카 삼매경에 빠진다. 연구소 곳곳에서 별의별 포즈를 다 잡는다. 신입생들이 한복 입고 찍은 단체사진 중에 하나를 골라 그해의 연하장을 만드는 것이 우리 연구소의 연례행사가 되었다.

한복을 보내주신 분들께 우리 학생들이 한복을 입은 예쁜 모습을 사진 찍어서 연하장을 보낸다. 기증해준 한복을 우리 학생들이 이렇게 예쁘게 입고 있다는 감사의 인사를 전하는 것이다. 이런 사연을 모르는 이들은 베를린에서 보낸 연하장에 독일 학생 수십 명이 한복을 입은 모습이 인상적이라며 그 많은 한복을 어디에서 구했는지 궁금해하기도 한다. 가끔 학생들이 동영상을 찍기도 한다. 올해는 학생회의 학생들이 만든 동영상이 예뻐서 우리 연구소의 유튜브 채널에도 올려주었다. 한복을 입고 즐거워하는 독일 학생들의 모습이 흥미로웠는지 이 영상만 조회수가 폭발적으로 늘고 있다. 올린 지 한 달 만에 2만을 넘었다.

언젠가 뉴욕에서 디자이너로 활동하는 한국 사람이 연합뉴스에 보도된 한복 입은 우리 학생들의 사진을 보고 오래되고 유행이 지난 한복을, 속옷도 제대로 못 갖추고 입었다고 비난하는 글을 자신의 소셜 미디어에 올린 것을 보았다. 학생 50명에게 제대로 격식을 갖춘 한복을 입히고 싶지만 현실적으로 그것이 불가능하다면 아예 입히지 말아야 하는 걸까. 베를린에서 만날 수 있는 사람이었다면 당장 만나자고 했겠지만 뉴욕에 있는 사람이라 만나지 못하고 나 혼자서 화를 삭여야 했다.

한국학과 교수 부임 초에 모았던 한복들이 해마다 입고 벗기를 거듭하면서 10년쯤 되니 여러 벌이 찢어지거나 더러워져서 더 이상 입을 수 없게 되었다. 그런 옷들을 대체할 다른 한복을 구해야겠다고 생각할 무렵,

1982년에 대학에 입학한 후 학부를 졸업하지 않고 독일로 떠난 나에게 이화여대에서 명예졸업장을 주겠다 했다. 마침 졸업식장에 나를 축하해주러 온 동창들과 선배들이 내 이야기를 듣고 한복을 모아 주겠다고 나섰다. 금세 한복이 80벌이나 생겼다. 한복이 담긴 보자기를 바리바리 싸들고 독일로 오던 날, 나는 마치 금은보화를 한 보따리 짊어진 부자가 된 것처럼 기분이 좋았다.

새로 모은 한복들은 색감이 화려하다. 10년 전과 비교해보니 한복에도 유행이 있다는 것을 바로 알겠다. 부끄럽지만 한국학 선생님이 되기 전에는 한복을 입어본 적이 거의 없었다. 나에게 한복은 그저 결혼식 때 입는 예복일 뿐, 한복의 디자인에도 관심을 두지 않았다. 그러나 한국학 선생님이 된 후엔 학생들에게만 한복을 입히지 않고 나도 자주 입는다. 어릴 때조차 입어보지 않았던 옷인데. 특히 학장이 된 후 단과대학 전체 행사를 주관할 때에는 의도적으로 한복을 입었다.

처음 한복을 입고 사람들 앞에 나섰을 때는 어색하기만 했는데 이제는 큰 행사 때 내가 한복 입는 것이 모두에게 자연스럽게 받아들여지는 것 같다. "너는 한복을 입는데 나는 독일 민속의상을 입어야 할까" 장난스럽게 묻는 동료도 있다.

이제 나는 행사의 성격에 따라 제대로 격을 갖춘 한복을 입기도 하고, 때로는 개량한복도 입는다. 한복처럼 한국의 미를 시각적으로 잘 보여주는 것도 없기 때문이다. 기모노는 알지만 아직 한복은 모르는 독일 사람들에게 이것이 우리 옷이라고 더 많이, 더 자주 알려주고 싶다.

북 치고 장구 치는 선생님

여름이 되면 베를린에서는 '학술의 밤'이라는 행사가 열린다. 베를린자유대와 훔볼트대 두 개의 종합대학과 두 개의 예술대학 그리고 의과대학, 공과대학까지 총 6개의 국립대학과 학술 연구기관들이 참여하는 일종의 축제이다. 낮이 길어서 오후 10시가 넘어야 해가 지는 6월의 토요일, 오후 5시에 시작해서 자정이 넘는 시간까지 학생과 교수진이 함께 자신들의 학과를 시민들에게 소개하는 다양한 프로그램이 이어진다. 이 행사에는 매년 30만 명이 넘는 사람들이 방문한다. 우리 학과처럼 새로 세운 학과나 연구소를 홍보하기에 좋은 기회이다.

부임 후 처음 열린 학술의 밤에 나는 우리 연구소도 참여하자고 제안했다. 한국학 전공생 수가 30명을 채 넘지 않을 때였다. 신입생을 제외하면 몇 명 되지 않는 학생들과 나는 머리를 맞대고 우리 학과를 잘 보여줄 수 있는 방법을 궁리했다.

우리는 한국의 대중문화를 주제로 프로그램을 만들기로 했다. 슈퍼주니어를 좋아하던 한 학생이 케이팝 댄스의 스텝을 가르치는 시간을 만들 수 있다고 했다. 당시 독일인들에게도 잘 알려진 김기덕 감독의 영화를 함께 보는 시간도 프로그램에 넣었다. 적어도 오후 5시부터 10시까지는 행사가 계속 이어져야 해서, 결국 내가 동아시아에서 유행하는 한국 대중문화를 주제로 공개 강연을 하기로 했다. 한국 노래를 배우는 노래교실도 프로그램에 넣었다.

노래교실의 진행은 기타를 칠 줄 아는 내가 맡고 훔볼트대학에서 음악학 박사 논문을 쓰던 선생님이 키보드를 연주하기로 했다. 다행히 학생 중에 노래를 잘 부르는 친구가 함께하겠다고 나섰다. 빅뱅의 〈붉은 노을〉과 해바라기의 〈사랑으로〉라는 노래를 골라 우리 셋은 하루 종일 연습했다.

몇 명 되지 않는 학생들을 데리고 교수 혼자 그야말로 북 치고 장구 치는 모습, 돌이켜보면 웃음이 절로 나오는 장면이다. 그러나 그때는 한국학과의 존재를 보여주어야 한다는 마음이 그만큼 절실했다. 아무것도 없지만 그래도 무엇이든 해내야 한다는 마음으로 움직인 덕에 200명이 넘는 사람들이 우리 연구소를 다녀갔다. 그러고 나니 다음 해에 열릴 '학문의 밤' 행사는 작은 학예회가 아니라 한국 문화를 제대로 접할 수 있는 멋진 프로그램으로 만들고 싶은 욕심이 생겼다.

이후 학술의 밤 행사는 우리 한국학연구소가 처음 참여한 해와 비교할 수 없을 정도로 화려하고 다채로워졌다. 2010년 행사에는 안동 하회마을의 장승 장인을 초청해서 장승을 세우는 퍼포먼스를 선보였다. 전통시대에 한국인들은 마을 입구에 장승을 세워두고 그들이 마을을 지켜준다고 믿었다는 설명을 담은 안내문도 장승 옆에 붙여두었다. 그렇게 정원에 세워진 장승은 한국학연구소의 지킴이 역할을 톡톡히 해주었다. 온라인 게임을 즐겨하는 누군가가 우리 장승을 포켓스톱으로 등록해준 덕분에, 장승이 서 있는 우리 연구소 정원이 포켓몬게임을 좋아하는 베를리너들 사이에 명소가 되었다.

장승이 우리를 지켜준 것이 분명했다. 그 뒤로 한국학과의 학생 수가 지속적으로 증가했다. 학생 수가 많아지면서 학술의 밤 축제는 자연스레 학생들이 주인공이 되었다. 2011년에는 한국학 전공 1학년과 2학년 학생들이 한 달 동안 맹연습을 해서 한국어 연극을 공연했다. 한국학과 학생들의 연극 〈흥부와 놀부〉는 한국의 TV 뉴스에 보도될 정도로 많은 사람들의 관심을 받았다. 한국말을 전혀 모르는 시민들도 한 학기 동안 한국어를 배운 학생들이 그런 공연을 할 수 있다는 사실에 감탄을 금하지 못했다.

공연하는 도중 대사를 잊어버린 다니엘이 "선생님, 대사 까먹었어요. 다음 대사 알려주세요"라고 한국말로 애드리브를 쳐서 한국인 관객들은 한바탕 크게 웃었다. 이 연극에서 놀부 역을 맡았던 빈센트는 그로부터 10년 뒤인 2021년에 우리 학과의 한국어 전담 선생님이 되었다.

한국학을 전공하는 독일 대학생

2008년 이전까지는 한국학과에 정교수가 없음에도 불구하고 자유대에서 한국학을 전공하겠다고 등록한 학생이 10여 명 있었다. 이들은 대부분 교포 자녀 또는 부모님 중 한 분이 한국 사람이었다. 그들에게 왜 한국학을 전공으로 선택했느냐고 물으면 정체성을 찾고 싶어서, 또는 어머니의 문화를 이해하고 싶어서,라고 대답했다.

이후 한국학과에 입학하는 학생들이 늘어나면서 신입생 중에 교포 자녀는 가뭄에 콩 나듯 한두 명뿐이고, 대부분이 독일인으로 채워졌다. 베트남계와 동유럽계 학생들도 눈에 띄기 시작했다. 그들 중에 몇 명은 케이팝을 좋아해서 한국어를 배우려고 한국학을 선택했다고 이야기해서 나를 놀라게 했다.

지금의 나라면 당연히 반겼을 테지만, 솔직히 고백하

자면 처음에는 부정적인 시각으로 보았었다. 일본 만화를 좋아해서 일본학을 전공하겠다고 입학한 학생들 때문에 문제가 많다고 걱정하는 일본학 교수들의 이야기를 자주 들었기 때문이다.

일본 만화의 팬들이 일본학을 전공하는 것을 만화 보는 것처럼 쉽게 생각하고 들어왔다가 공부를 따라오지 못하고 중도에 포기하는 경우가 많다고 했다. 그런 이야기들 때문에 나는 한국학과에 입학하는 케이팝 팬들에 대해 선입견을 가지고 있었다.

신입생 오리엔테이션 때부터 한국학과에서 공부하는 것은 한국 문화와 사회, 역사와 정치를 이해하고 학문적으로 분석하기 위한 능력을 키우기 위한 것이라고 강조했다. 입학을 준비하기 위한 오리엔테이션 첫날부터 마치 유럽 한국학의 장래를 책임져야 할 후진 학자들에게 훈계하듯 설교했다. 그들이 모두 한국학을 연구하는 학자가 되기를 원해서 한국학을 전공하겠다고 한 것이 아닐 텐데도. 동방신기와 슈퍼주니어를 좋아해서 한국어를 배우려고 한국학을 선택한 친구들의 눈에 그런 선생님이 얼마나 꼰대처럼 보였을까.

신입생 중에 케이팝 팬의 비중이 점차 다수를 차지하

기 시작하고, 한국학을 전공하려고 결심하게 된 계기를 묻는 질문에는 한국어를 제대로 배우고 싶어서,라는 답이 주를 이루었다. 태권도를 좋아해서라든가 가장 친한 친구가 한국 사람이기 때문이라는, 그전에 자주 나오던 답변은 오히려 드물었다. 몇 명은 북한에 대한 관심 때문에 한국학을 선택했다고 답했지만 대부분은 케이팝을 통해 한국에 관심을 가지게 되었다고 말한다. 또 하나의 변화는 신입생 중에 남학생의 수가 눈에 띄게 줄어들었다는 것.

지금도 한 학년에 남학생 수는 한 손으로 꼽을 정도다. 한국학 전공 지원자 수가 너무 많아서 입학정원제로 전환한 것이 원인이라는 이야기도 있다. 성적순으로 입학 허가를 받기 때문이라는 것이다. 독일의 고등학교에서도 여학생들이 남학생들보다 성적이 월등하게 좋아서 인기 있는 학과의 여학생 비율이 지속적으로 높아지는 상황이다. 그래도 베를린 의과대학의 신입생들 중에 남학생은 3분의 1인데, 우리 학과에는 남학생이 5퍼센트도 안 된다.

높은 경쟁률을 뚫고 우리 학과에 입학한 학생들은 성적이 아주 좋다. 얼마 전까지만 해도 우리 학과 신입생들의 대부분은 한국어를 전혀 모르고 입학했다. 한국어를 접해본 경험이 있는 학생도 50-60명 신입생 중에 3명 정도로 아주 드물었다. 그들도 대부분은 교포 자녀였다. 그런데 2022년도 신입생 오리엔테이션 첫 시간에 한국어를 공부해본 사람이 있냐고 물으니 대부분의 학생들이 손을 들었다. 한국어를 전혀 모르는 학생은 3명뿐이었다.

한국에 관한 모든 것을 스폰지가 물 빨아듯이 흡입하는 학생들과 함께 한국에 대해 공부하는 것은 즐거운 일이다.

한식의 세계화 정책 논문을 분석하는 강의 시간, 1학년 학생들이 한국 음식을 먹어보아야만 음식에 관해 이해할 수 있을 것 같다며 만두를 만들어 왔다. 그것도 50명이 넘는 학생들 모두가 먹을 수 있을 정도로 많이. 집에서 한국 음식을 요리하냐고 묻는 것이 실례가 될 정도로 학생들은 한식에 대해 잘 알고 있었다. 그들은 일상 속에서 한국을 즐기는 친구들이다.

학생들이 선택하는 졸업 논문의 주제도 다양해졌다. 한국 정치와 남북 관계, 북핵 문제는 여전히 많은 학생들이 선택하는 논문 주제이지만 언론 보도를 통해 알게 된 새로운 사실을 주제로 선택하는 학생들도 있다. 졸업 논문의 주제를 통해서 한국 사회문제의 경향을 알아볼 수 있을 정도다.

한동안 한국 청소년들의 자살 문제는 한국학과 학생들이 선호하는 주제 중에 하나였다. 한국에서 학교 폭력으로 인해 자살한 학생에 관한 언론 보도가 많았던 시기였다. 흥미로운 주제가 많은데 굳이 자살에 관해 논문을 쓰려는 이유가 무엇인지 물어보면 대부분의 경우 본인도 청소년 시기에 유사한 문제를 겪었기 때문이라고 답했다.

한국에서 교환학생으로 공부하는 동안 접했던 문제를 논문의 주제로 다루는 학생도 적지 않다. 외국인 학생이 한국에서 겪은 인종차별 문제를 분석한 논문을 제출한 학생도 있다. 서울에서 한 학기 이상 공부한 경험이 있는 유럽 학생들을 대상으로 진행한 설문 조사를 바탕으로 작성한 논문을 통해 나는 우리 학생들이 한국에서 부딪히는 인종차별의 실상을 보았다. 외국인 유학생으로 독일에서 살면서 내가 겪은 인종차별의 경험과 크게 다르지 않았다. 이 논문은 내가 독일 주류 지식인들의 유럽 중심주의를 강하게 비판하고 일상적인 인종차별 문제를 지적하는 만큼, 한국에서 일어나는 인종차별 문제도 간과하지 말아 달라는 우리 학생들의 부탁처럼 느껴졌다.

여학생의 수가 압도적으로 많은 학과라서 그런지 페미니즘과 성차별 문제도 졸업 논문에서 자주 다루어진다. 젠더에 관한 세미나가 비교적 자주 개설되고 특강이 자주 열리는 것도 그에 일조했을 것이다. 강남역 살인사건이 발생한 후 몇 학기 동안에는 특히 이 주제에 관한 졸업 논문이 많이 제출되었다. 《82년생 김지영》도 한동안 자주 선택되는 주제였다.

케이팝을 좋아해서 한국학을 전공과목으로 선택하게 되었다고 대부분 이야기하지만 케이팝에 관해 졸업 논문을 쓰는 학생은 의외로 많지 않다. 그러나 한류와 관련해 좋은 졸업 논문들이 그동안 비교적 많이 나왔다. 독일의 한국 드라마 팬클럽 회원 3000명을 대상으로 진행한 설문조사를 바탕으로 한국 드라마를 즐기는 사람들이 한국 상품을 소비하는 경향을 분석한 논문은 그해 최고의 논문으로 선정되었다. 조금만 수정하면 학술 논문으로 발표해도 손색이 없을 정도다. 독일의 젊은 베스트셀러 작가가 BTS를 모티프로 쓴 케이팝 소설 중에 베스트셀러가 된 작품을 분석한 논문도 조금만 손을 보면 케이팝 관련 학술서에 실어도 될 정도로 수준이 높다. 지금까지 제출된 한류에 관한 우리 학생들의 논문 중 독일의 한류 팬덤에 관련된 논문을 모아서 책으로 발표하는 것에 관해 우리 선생님들과 의논하고 있다. 베를린자유대 한국학과 학생들이 쓴 한류에 관한 논문집. 어떤 제목을 달고 세상에 나올지 벌써부터 기대된다.

내가 케이팝을 사랑하게 된 이유

우리 연구소에는 해마다 수많은 사람들이 다녀
간다. 학자들뿐만 아니라 예술가, 정치인, 그리고 언론인
들이 거의 매주 우리 연구소에 온다. 그런데 그들 중에
한국인 남자친구를 사귀려고 한국학을 공부하느냐고 학
생들에게 묻는 실례를 범하는 사람들이 종종 있다. 한국
에서 독문학을 전공하는 여학생들에게 독일인 남자친구
를 사귀고 싶어서 공부하냐고 묻는 사람이 있을까? 그런
데 왜 한국학을 전공하는 외국인 여학생들에게 그런 질
문을 해도 된다고 생각하는지 모르겠다. CNN의 한 기자
가 북미의 한류 열풍에 빠진 여성들이 한국 남자를 사귀
고 싶어 한다고 보도한 것이 그렇게 큰 영향을 미친 것은
아닐 텐데.

우리 학생들은 그런 질문을 던져놓고 그것이 무례한
것이라는 사실조차 인지하지 못하는 한국 사람들에게

분노한다. 학생들은 한국 대중문화를 소비하는 모든 여성을 모욕하는 기사를 작성한 CNN 기자와 단순히 한류 열풍이 대단하다는 소식에 흥분해서 무례한 질문을 하는 사람들 모두를 비판한다.

한류가 아직 독일에 도착하지 않았던 때부터 케이팝을 좋아했던 우리 학생들은 대부분 학교와 집에서, 또 친구들 사이에서 '한국 남자'를 좋아해서 그런 음악을 좋아하냐는 질문을 받거나 비아냥거림을 당한 경험을 가지고 있다. 학생들과 독일에 불기 시작한 한류와 독일 언론의 반응에 관해 토론하는 자리에서 처음 그런 이야기를 들었을 때는 마치 망치로 머리를 한 대 맞은 것 같았다. 그것이 10년 전이 아니라 2020년에 입학한 신입생들이 중고등학교 시절 겪은 일이다. 바로 얼마 전까지만 해도 독일의 청소년들 사이에서 케이팝 팬은 극소수였고, 그들은 케이팝 때문에 따돌림받는 경험을 한 것이다.

그제서야 내 기억 속에 작은 의문으로 남아 있던 사건 하나가 떠올랐다. 2020년 1월에 동부 독일의 작은 도시에 있는 고등학교에서 특강을 한 적이 있다. 분위기를 편하게 만들려고 케이팝을 아느냐고 물었는데 아무도 답을 하지 않고 침묵만 흘러 당황했었다. 질문을 조금 바꿔

이번에는 BTS를 아느냐고 물으니까 100명이 넘는 학생들 중에서 2명이 조심스레 손을 들었던 것을 기억한다. 독일에서도 케이팝이 좋아서 한국학을 전공하려는 학생 수가 늘었다고 언론과 인터뷰했던 내가, 이들이 한국에 대한 관심 때문에 친구들 사이에서 왕따당하는 경험을 했다는 사실은 제대로 인지하지 못했다는 사실이 너무 미안했다.

대학에 입학한 후에도 자신들이 한국학을 하게 된 계기가 케이팝에 대한 관심 때문이기는 하지만 이제는 한국 문화와 역사에도 관심이 있다고 '고상한 학자'인 척하는 한국학 선생님 앞에서 열심히 변명해야만 하는 상황을 만들어버린 내가 우리 학생들에게 죄를 지은 것 같았다. 한국학과에 입학해서 취미를 공유할 수 있는 친구를 만나 함께 덕질하면서 위안을 찾던 학생들에게 편안한 보금자리를 내어주고, 보듬고 안아주지 못한 내가 부끄러웠다.

지금도 우리 학생들은 케이팝은 "저급한 대중음악"이라고 단정해버리는 독일의 기성세대 지식인들의 편견에 끊임없이 직면한다. 한국학을 연구하는 선생님들 중에도 케이팝은 "쓰레기" 같은 음악이라고 간단히 정리해버리는 사람이 여전히 있다. 내가 그들에게 한 번이라도 케이팝을 들어보았는지 물으면 그런 것을 왜 듣느냐고 오히려 반문한다. 선생님들이 이런 편견을 가지고 있다는 것을 우리 학생들도 잘 알고 있다.

학생들에게 케이팝을 좋아하는 자신의 취미에 대해 변명하지 않아도 된다는 것을 알게 해주는 가장 좋은 방법은 내가 그들과 취미를 공유하는 것이 아닐까? 그래서 나는 한국을 떠난 이후 거의 듣지 않았던 한국 대중음악, 케이팝을 매일같이 들었다. 그것도 아주 열심히.

독일 언론에 자주 거론되는 한국 보이밴드 BTS. 그들의 음악이 어떤 것인지 알아야만 기자들이 하는 이야기를 비판할 수 있을 것 같아서 듣기 시작했는데 그만 그들의 노래에 푹 빠져들고 말았다.

언젠가부터 새벽에 작업할 때 주로 듣던 피아노곡이나 첼로곡 대신 BTS의 노래를 모은 플레이리스트를 돌리고 있는 나 자신을 발견하곤 한다. 이제는 내가 위버스(팬 커뮤니티 플랫폼)에 가입할 정도로 우리 연구소에서 가장 열렬한 아미가 되었다.

나는 인사동에 있는 라인스토어의 단골 손님이 되었다. 동남아에서 몰려오는 중년의 케이팝 팬처럼 한국에 출장 갈 때마다 들러서 BT21 굿즈를 열심히 사 나른다. 내 연구실에서 자신의 최애 굿즈를 발견하고 가져도 되냐고 묻는 용기 있는 학생들에게 기꺼이 선물로 내준다. 선물을 들고 연구실을 나서는 학생들의 웃는 얼굴을 보면 절로 행복해진다.

평안도 억양을 지닌
독일인 한국어 선생님

　　내가 정교수로 부임하기 전인 2005년에 자유대
학교에서 한국학과 강의를 진행한 것은 홀머 브로흐로
스Holmer Brochlos 박사가 있었기 때문이다. 그는 코로나가
한창이던 2021년 여름학기를 마지막으로 정년퇴임할 때
까지 우리 학생들에게 마음씨 좋은 할아버지 선생님이
자 좋은 친구가 되어준 한국학과의 산증인이다.

　　브로흐로스 박사는 훔볼트대학에서 한국학을 공부하
던 1980년대에 교환학생으로 평양에 파견되어 2년 동안
김일성대학에서 공부했다. 독일이 통일되기 전까지 훔
볼트대학 한국학과 교원으로 근무했다. 동독 정부는 한
국어를 할 줄 아는 한국학과 선생님들에게 통역을 맡겼
었다. 브로흐로스 박사도 그의 스승 헬가 피히트Helga Picht

교수처럼 외교 행사에서 통역을 담당했다.

헬가 피히트 교수는 한국학 교수이면서 동독과 북한 정상회담의 통역을 맡았던, 유명한 1세대 한국학 학자이다. 그녀는 1951년에 중국학을 전공하기 위해 훔볼트대학에 입학했다고 한다. 그때까지만 해도 '한국'이라는 나라가 있다는 것조차 몰랐다고 한다. 그러나 중국학 전공자도 동아시아 언어 하나를 추가로 배워야 한다는 규정 때문에 한국어를 배우게 되었다고. 그것이 본인의 인생에서 가장 중요한 결정이 되었다고 그는 회고한다.

1950년대 초에 훔볼트대학에는 한국어를 강의할 수 있는 교수가 없었기 때문에 라이프치히대학에서 이란학과 언어학을 강의했던 하인리히 융커Heinrich Junker가 한국어 강의를 담당했다. 그는 이란학과 언어학 전공자로 한국어를 구사하지는 못했다. 그럼에도 불구하고 한국학과를 책임지게 된 그는 한국어 수업에 등록한 5명의 학생들에게 러시아어로 쓰여진 한국어 문법책을 통째로 외우게 했다고 한다. 그렇게 한국어를 배운 헬가 피히트는 1955년에 전쟁의 흔적이 여전히 남아 있던 평양 주재 동독대사관에 1년간 파견되기도 했다. 1959년에 석사 학위를 받고 훔볼트대학의 한국학 교원이 되었다. 그는 훔볼트대학 한국학과의 주임 교수로 많은 제자를 키워냈다. 홀머 브로흐로스 박사도 그중에 한 명이다.

훔볼트대학에 입학한 브로흐로스 또한 처음부터 한국학을 전공하려고 했던 것은 아니라고 한다. 그냥 동아시아 언어에 관심이 있었다고. 자신이 대학에 입학하던 그해 훔볼트대학이 일본학과는 선발하지 않고 한국학과만 선발해서 한국학을 전공하게 되었다고 한다.

평양에서 유학해서 그런지 그가 한국어로 이야기하면 평안도 억양이 분명히 드러난다. 그쪽에서는 평양 언어가 표준어니 그것이 당연한 일. 베를린에서 평안도 억양을 구사하는 그와 우리말로 이야기를 나누면 마치 경상도 사투리를 쓰는 미국인과 이야기하는 것처럼 재미있다. 우리가 알지 못하는 북에서만 사용하는 우리말을 설명해주는 독일인. 홀머 브로흐로스가 바로 그런 선생님이었다.

남한과 북한의 언어를 비교하는 그의 어학 수업은 학생들에게 인기가 아주 많았다. 우리 학과 수업 커리큘럼에 북한의 언어와 문헌을 읽는 강의가 정착될 수 있었던 것도 그가 있었기에 가능했다.

김일성대학교와 자유대학교 간에 협력관계가 성사될 수 있었던 것도 그 덕분이었다. 그와 친분이 있는 김일성대학교 선생님을 통해 두 학교 간의 협력관계를 공식화하자는 제안이 오래전에 우리 학교에 전달되었다. 두 학교의 대표들이 여러 차례 서로 방문하면서 교류 협력 의사를 확인하는 과정, 그리고 2018년에 교류 협력 양해각서를 서명할 때도 그가 중요한 역할을 했다. 김일성대학 독일어문학과 재학생 중에 선발되어 베를린에서 독일어 연수를 받게 될 학생들을 만나는 자리에도 그가 함께 있었다.

2019년에 나는 그와 함께 평양의 모란봉 공원을 산책할 기회가 있었다. 갑자기 그가 '직박구리'라는 새를 발견했다며 행복한 표정을 지었다. 그는 한국의 새들에 관한 책을 출간한 아마추어 조류 연구가이기도 하다. 그가 하도 열심히 한반도에 사는 직박구리라는 새에 대해서 설명해준 덕에 직박구리가 어떻게 생겼는지는 모르지만 그 이름은 지금도 기억한다. 그는 한국인도 잘 모르는 한반도에 사는 새도 아는 사람이다.

브로흐로스 박사는 한국어를 강의하면서 가끔은 한국문화와 역사를 강의하기도 했다. 강의와 회의 중에 뜬금없이 아재 개그를 날리기도 했다. 한국어와 독일어를 혼합한 그의 농담이 그렇게 재미있는 것은 아니었지만 새로운 개그를 열심히 연구하는 백발의 독일인 한국어 선생님 덕분에 우리는 자주 웃었다. 모두가 웃는 모습을 보면서 만족한 듯한 푸근한 미소를 날리는 그의 얼굴은 마치 개구쟁이 아이 같다.

2021년 7월, 그가 마지막으로 강의를 하던 날은 코로나로 인해 제대로 된 퇴임 기념식을 할 수 없었다. 그래도 10년이 넘는 시간 동안 폭풍처럼 일을 몰아붙이는 소장 뒤에서 표 나지 않게 나를 보좌해준 사람, 우리 학과의 산증인인 그를 이대로 보낼 수는 없었다.

우리는 최대한 거리두기를 하면서 정원에서 퇴임 기념 파티를 열었다. 그는 정년퇴임식까지 마다할 정도로 앞에 나서는 것을 좋아하지 않는 사람이다. 그런데도 송별 선물의 포장지를 풀면서 함께 듣던 〈죽어도 못 보내〉라는 노래에 눈시울을 붉히는 마음 따뜻한 사람이다. 그런 선생님에게 한국어를 배울 수 있었던 것은 우리 학생들에게도 큰 행운이었다.

케이팝 댄스 경연장이 된 학교

우리 학과에는 학년마다 케이팝 댄스의 고수가 여러 명 존재한다. 학생들은 2011년부터 여러 해 동안 학술의 밤 축제에서 케이팝 커버댄스를 선보였다. 그 공연을 위해 그들이 얼마나 많이 노력했는지 알아주고, 더 많이 칭찬해주지 못한 것이 두고두고 미안하다.

이제는 그때 못 해준 것까지 합해서 학생들을 지원해주려고 노력한다. 학생들이 동아리를 구성하는 것도 적극적으로 권하고 있다. 공간이 부족하다면 공간을 빌리는 비용을 지원해주고, 재료가 필요하다면 재료 구입비를 지원해준다. 본인들이 좋아하고 잘하는 것을 보여주라고 격려해준다. 내 앞에서 새로 연습한 춤을 보여주면 나도 기꺼이 즐겨준다.

2022년 봄, 케이팝 댄스 고수인 학생들에게 종강 기념

133

역사문화학부 가든파티에서 케이팝 댄스 공연을 해보자고 제안했다. 9명이 모여서 두 달 동안 연습하더니 댄스 동아리 '이카에스 크루IKS-Crew'를 결성했다. 그리고 7월 초 우리 학과 정원에서 열린 가든파티에 화려하게 등장해서 케이팝 커버댄스의 진수를 보여주었다.

그해 겨울학기에 전교생을 대상으로 진행하는 대학 정기 스포츠 프로그램에 케이팝 댄스가 포함되었다. 한류 열풍이 한국학과 학생들만의 현상이 아니라는 것을 다른 학과에서도 인지한 것이다. 케이팝 댄스 강의 신청자가 너무 많아서 우리 학생들은 아예 수강 신청도 하지 못했다고 한다. 아니, 다른 학과 학생들에게 양보했다고 하는 것이 적절할 것이다. 대신 학과 차원에서 연습실을 구해서 이카에스 크루가 정기적으로 연습할 수 있도록 도와주기로 했다.

이카에스 크루는 신입생들을 위한 케이팝 댄스교실을 열었다. 그리고 신입생들을 중심으로 새로운 댄스팀도 구성했다. 이카에스 크루 2라고 부를 줄 알았더니 아이코닉스ICONIKS라고 정했단다. 앞으로 새로 입학할 신입생들로 구성될 댄스 그룹도 자신들만의 고유한 이름을 가지게 될 것이라고 한다. 한국학과의 약자인 IKS는 항상 포함할 것이라고. 앞으로 어떤 이름의 댄스 동아리들이 나오게 될지 벌써부터 궁금해진다.

아이코닉스의 리더 격인 발렌티나는 베를린의 케이팝 댄서들 사이에서도 이미 잘 알려진 인플루언서다. 그의 주도로 베를린자유대학교 개교 75주년 기념 행사의 일환으로 등록된 케이팝 댄스 경연대회가 열렸다.

2023년 초, 75주년 개교 기념 행사에 학생들이 주도적으로 참여하는 것을 환영한다는 학교 본부 측의 공고가 나왔다. 우리 학교에도 케이팝 아이돌을 초대하면 좋겠다고 노래 부르던 학생들이 의기투합해서 케이팝 댄스 행사에 자신들이 나가겠다고 신청했다며 자랑스럽게 이야기한다. 한국문화원이나 대사관의 지원을 받지 않고 자신들이 모든 것을 준비하고 조직할 것이라고. 필요한 비용은 크라우드펀딩을 하거나 스폰서를 찾을 것이라고 했다. 행사의 아이디어를 내고 끝까지 행사를 책임지고 주관한 사람은 결국 발렌티나와 법학과 학생, 그리고 다른 두 명의 동아리 친구들이었다.

기부금 문화가 존재하지 않는 독일에서 학생들이 스폰서를 찾는 것은 쉬운 일이 아니다. 행사를 준비하는 것만으로도 벅찰 텐데 비용까지 모금하려고 발을 동동 구르는 모습이 안쓰러워서 우리 연구소에서 필요한 비용 전액을 지원해주겠다고 했다. 행사에 필요한 비용은 900유로, 백만 원이 조금 넘는 돈이다. 나는 이 돈으로 우리 학생들이 어떻게 행사를 준비할지 궁금했다.

행사를 주도하는 친구들은 케이팝 댄스를 좋아하는 열정만 가지고 있는 것이 아니었다. 본인들이 할 수 있는 일은 누구의 도움도 받지 않고 해내는 멋진 청년들이었다. 학교 내에서 댄스 경연대회를 할 수 있는 장소를 예약하는 것만 제외하고 모든 것을 자신들만의 방식으로 준비했다. 댄스 경연대회를 알리는 포스터를 한 번도 본적이 없어서 도대체 어떻게 홍보하는 것인지 궁금해하니 인스타그램을 통해서 하고 있다고 한다. 발렌티나가 인플루언서라서 그것이 가능하다고.

케이팝 댄스 경연대회 날. 행사가 열리는 대강당으로 가면서도 두리번거리며 행사 포스터부터 찾았다. 하지만 행사를 알리는 포스터는 어디에도 없었다. '경연장'이라고 쓰여진 노란색 노트 종이 한 장만 대강당 유리문에 붙어 있을 뿐. 이래서는 망하겠다 싶었는데 아니나 다를까 대강당 건물은 아주 조용했다.

그런데 행사장 문을 열고 들어가는 순간 대반전이 일어났다. 케이팝 콘서트장을 방불케 하는 함성에 깜짝 놀랐다. 방음장치가 잘 되어 있어서 강당 밖으로 소리가 들리지 않았던 거였다.

장식 하나 없는 밋밋한 학교 강당의 무대가 화려한 조명으로 빛나는 댄스장으로 변모했다. 무려 40개 팀이 경연에 참가했다고 한다. 최대 400명까지 수용할 수 있는 관객석은 발 디딜 자리가 없을 정도로 꽉 차 있었다. 관객 대다수가 자유대 학생이 아니라 베를린의 청소년과 젊은이들이었다.

관중들은 무대에 오르는 모든 팀을 열광적으로 응원했다. 큐 사인이 떨어지고 노래가 흘러나오면 자동적으로 떼창이 이어졌다. 오후 3시에 시작한 경연은 저녁 7시까지 이어졌다. 각 부문 수상자를 발표하기 전에 30분 동안 랜덤댄스 시간을 가졌다. 어떤 노래가 나오든 누군가는 춤을 추러 무대로 나왔다. 경연대회라기보다는 모두 함께 즐기는 축제의 장이었다. 우리 학교 총장님도 관객석 뒤에 서서 이 분위기를 즐기고 있는 것 같아 모르는 체하려다 잠깐 가서 인사했다. 의례적으로 잠깐 들렀다가 행사장의 열기에 감동한 표정이었다.

경연대회 심사위원은 베를린에서 활동하는 케이팝 댄서들이라고 했다. 사회를 본 이도 케이팝 댄서들 사이에서는 잘 알려진 고수라고. 이들은 모두 케이팝 댄스를 즐기지만 한국학과와는 전혀 인연이 없는 사람들이라고 한다. 한국어도 전혀 이해하지 못하지만 케이팝의 리듬이 좋아서 그에 따라 춤을 추는 것이 취미인 사람들.

사회자가 흥을 돋우기 위해 관중들의 함성을 유도하다가 뜬금없이 "아니"라고 외치라고 했다. 이어서 "제발" "괜찮아" "좋아"라고 소리 지르라고 한다. 이 한국어 단어들이 본래의 의미와는 전혀 상관없이 그냥 케이팝 댄스를 즐기기 위한 추임새로 쓰이고 있다는 것을 그제서야 알았다. 관객석에 함께 앉아 있던 우리 학과 한류 동아리 친구들만 재미있어하며 웃었다. 옆에 있던 케이팝 댄스 팬들이 왜 웃는지 의아한 얼굴로 우리를 쳐다보아서 얼른 웃음을 멈추었다.

그래도 경연대회인지라 수상자가 호명되었다. 발렌티나가 이끄는 아이코닉스는 본선에 오른 30개 팀 중에서 9등을 했다. 행사를 주관하느라 고생해서 상을 타면 좋았을 텐데 하는 아쉬운 마음에 위로해주려고 학생들을 찾았다. 그러나 우리 팀이 상을 못 타서 아쉬워하는 사람은 나밖에 없었다. 모두 경연에 참가한 팀들의 댄스가 너무 멋있었다는 평을 하느라 정신없었다. 상을 받는 것이 중요한 게 아니라 함께 즐기는 것 자체를 좋아하는 그들에게 내가 한 수 배웠다. 케이팝은 모두 함께 즐기는 것이라는 사실을.

BTS 영화로 동아리 활동을

선생님이 '아미'가 되었다는 소식은 팬데믹에도 불구하고 학생들 사이에서 아주 빠르게 퍼져나갔다. 선생님의 최애가 자신의 최애와 겹치지 않아서 다행이라고 이야기하는 학생도 있었다. 한국에서 온 손님들에게 우리 선생님도 아미라고 자랑스럽게 이야기하기도 했다.

우리 학과에 케이팝과 한류에 관한 책을 함께 읽고 공부를 하는 한류동아리가 2021년에 만들어졌다. 동방신기 팬으로 입덕해서 아미가 된 초기 케이팝 팬인 우리 과 졸업생 궨돌린 선생님이 동아리의 열성적인 지도 선생님이 되어주었다. 그들은 한동안 한류와 관련된 책을 함께 읽고 서평 쓰는 작업을 진행했다. 비록 실패하긴 했지만 2030 세계박람회 유치를 위한 방탄소년단의 부산콘서트 실황을 담은 영화 〈BTS 'Yet To Come' in Busan〉이 베를린에서 상영한다는 소식을 듣고는 영화 관객들을 대상으로 현장학습을 하겠다고 나섰다. 베를린의 상영관들을 현장으로 삼아서 필드워크를 진행하겠다는 야심찬 계획도 세웠다. 그를 위해 설문조사와 참여관찰 방법을 공부하기 시작했다. 그리고 영화가 상영되는 한 주 동안 실제로 현장조사를 진행했다.

궨돌린 선생님과 학부 학생들의 현장조사를 응원하기 위해 나도 주말에 하루 시간을 내서 동아리 활동에 합류했다. 학생들이 선택한 극장은 베를린 시내 중심가 알렉산더 광장에 있었다. 영화는 오후에 상영되었다. 학생들은 영화가 시작되기 두 시간 전에 먼저 만나서 영화관 주변을 돌면서 베를린 시내에서 만날 수 있는 한류를 조사했다.

가장 먼저 알렉산더 광장에서 케이팝 댄스를 연습하는 그룹을 지켜보았다. 이미 오래전부터 이들에 관한 이야기를 많이 들었다고 했다. 그들이 춤추는 모습은 거의 전문 댄서 수준이었다. 어떤 노래 하나를 집중적으로 연습하는 것이 아니라 댄스 배틀에 가까울 정도로 여러 노래에 맞춰 춤을 추었다. 단체로 진행하는 군무는 칼군무 수준. 조사한 바로 그중에 한국학을 공부하는 학생은 없다고 했다. 한국을 몰라도 케이팝을 즐기는 독일의 청소년과 젊은이들이 분명히 많아졌다.

댄스 그룹을 관찰한 후엔 광장 주변의 상가에 한류가 어느 정도 스며들었는지 보기 위해 돌아다녔다. 케이팝 광고물을 쇼윈도우에 붙여놓은 가게를 비롯해 케이팝 나이트 행사를 선전하는 포스터를 벽에 붙인 가게도 있었다. 모든 것을 하나하나 기록하는 학생들의 모습은 아주 진지했다.

영화가 시작되기 30분 전, 이번에는 극장에 들어가서 관객을 관찰했다. 주말이어서 그런지 어린 청소년들이 부모와 함께 온 경우가 비교적 많았다. 어른들이 많았던 상영관은 떼창하면서 함께 춤을 추던 다른 상영관의 분위기와 많이 달랐다고 학생들은 불만이 많았다. 그러나 곳곳에 아미밤이 보이고 본인의 최애가 화면에 클로즈업되면 환호하는 소리가 터져 나오는 광경을 독일에서 볼 수 있을 것이라고 상상하지 못했던 나에게는 모든 것이 아주 새로운 경험이었다.

디지털 세대인 우리 학생들이 선택한 설문조사 방법은 QR코드를 만들어서 스마트폰으로 설문지를 전달하고 답을 받는 것이었다. 온라인으로 진행하는 것이 아니라 현장에서 스마트폰으로 참여하는 조사를 통해 결과를 제대로 얻을 수 있을지 걱정하던 나는 역시 아날로그 세대였다. 설문조사에 참여하는 사람들에게는 우리 학과의 로고가 들어간 작은 선물을 마음대로 가져가라고 했는데 생각보다 호응도가 높아서 선물이 동이 났다고 한다. 실제로 그날 극장에 왔던 관객 120여 명 중에 80여 명이 답을 보내왔다.

학생들이 만든 설문지에는 언제부터, 어떻게 케이팝을 좋아하게 되었는지 구체적으로 묻는 질문들이 포함되어 있었다. 케이팝을 얼마나 자주 듣는지도 물었다. 설문지 문항 중에서 내가 가장 관심 있었던 질문은 일본과 중국의 문화를 먼저 접하고 난 후에 한국과 케이팝을 알게 되었는가 하는 것이었다. 팬데믹 기간에 케이팝을 좋아하게 된 청소년들은 동아시아 삼국 중에서 일본과 중국이 아니라 한국을 먼저 알게 된 첫 번째 세대라는 나의 주장을, 제한적이기는 하지만 경험적으로 뒷받침해줄 수 있기 때문이었다.

실제로 설문조사에 응한 참가자 중 절반이 일본이나 중국 문화보다 한국과 케이팝을 먼저 접했다고 응답했다. 특히 십대 응답자들 중에 그 비중이 높았다. 이들은 대부분 코로나 시기에 BTS와 케이팝을 알게 되었다고 답했다. 그들은 케이팝을 좋아한다고 학교에서 따돌림을 당한 경험이 없다고 한다. 코로나 이전에 케이팝 팬이었던 우리 학생들은 너무 소수여서 학교에서 따돌림을 받았던 것일까.

영화 상영이 끝난 후에 동아리 학생들은 함께 모여서 각자 관찰한 것들을 녹음하고 정리했다. 그 모습이 어찌나 진지하고 학구적이던지 옆에서 보는 것만으로도 기분이 좋았다. 학부생들이 적극적으로 프로젝트를 진행하겠다고 나서는 모습에 고무되어서 나는 사고를 치고 말았다. 저녁은 본인들이 원하는 곳에서 원하는 메뉴를 주문하라고 했더니 1초의 주저함도 없이 쌈Ssam이라는 레스토랑을 예약한다. 베를린에 한국 음식점이 아주 많이 생겼다고 하더니 나도 아직 가보지 못한 데였다.

식당은 빈 자리가 하나도 없을 정도로 손님이 많았다. 그중에 한국 사람은 오직 나 하나. 마치 서울의 고깃집에 와 있는 것 같은 착각을 일으키게 하는 왁자지껄한 분위기와 숯불 냄새는 독일에서 처음 접하는 것이었다. 우리 학생들은 그런 분위기에 아주 익숙한 듯 음식을 주문하고 소맥 제조에 들어갔다. 저녁식사를 마친 후 자정이 다 되어가는 시간에 2차로 노래방을 가겠다고 나서는 학생들. 영화는 시내 중심가의 알렉산더 광장에서 보고, 남쪽

크로이츠베르그에 있는 한식당에서 식사를 마치고, 북쪽 베딩에 있는 노래방으로 향하는 여정은 서울이라면 대학로에서 영화 보고 강남으로 넘어가 식사하고 은평구에 있는 노래방에 가는 식이다.

기운이 넘쳐나는 이 젊은이들은 주말 저녁에 초로의 선생님을 데리고 베를린 전체를 완전히 쓸고 다닐 기세였다. 너희들이 좋다면 그래 가자 하는 마음에 베딩까지 데리고 가주었다. 하지만 노래방에 손님이 너무 많아서 우리 학생들을 받아줄 수 없다고 했다. 실망하는 학생들 몰래 나는 안도의 한숨을 내쉬었다. 그래, 기분은 늘 조심해서 내는 것으로! 연구소에 좋은 노래방 마이크를 사주겠다고 약속하는 것으로 아쉬운 마음을 달래주고 10시간 동안의 동아리 활동을 마쳤다.

학생들과 함께 떠나는
한국 역사 기행

　서늘하고 건조한 베를린의 여름과 달리 한국의 여름은 36도가 넘는 뜨거운 공기 때문에 조금만 움직여도 땀이 한 바가지는 나온다. 하필이면 그런 시기에 나는 서머스쿨 프로그램을 진행하기 위해 15명의 학생들을 데리고 한국의 역사 현장을 찾는다. 10년 넘게 이 프로그램을 진행하면서 서울을 비롯해 전라도, 경상도, 충청도, 제주도까지 전국 방방곡곡을 돌아다녔다. 덕분에 나도 한국에 살 때는 가보지 못했던 역사 현장을 가본다.

　학생들과 함께 떠나는 역사 기행은 항상 백문이불여일견이라는 말이 그냥 나온 것이 아니라는 걸 일깨워주는 시간이다. 베를린에서 한 학기 동안 힘들게 수업하며 설명한 것보다 현장에서 바위 하나를 직접 만져보는 것이 학생들에게 더 강한 인상을 남긴다.

146

한국에서 현장 답사를 중심으로 이루어지는 역사 기행 프로그램을 진행하는 것이 쉬운 일은 아니다. 무엇보다 비용을 마련하는 것이 큰 과제이다. 독일연구재단과 같은 외부 기관의 지원을 받는 프로그램과 달리 한국학과는 학교의 일반 예산으로 운영되는 조직이다. 정규 예산에 책정된 기본적인 인건비와 운영비 외에 별도의 프로그램을 진행하려면 외부에서 펀딩을 구해야만 한다. 현장 답사만큼 효과적인 역사 교육도 없다는 것을 알기에 나는 비용을 마련하기 위해 끊임없이 지원서를 작성한다. 내가 들인 노력보다 돌아오는 것이 더 크기 때문이다. 함께 역사 기행을 떠난 학생들과 끈끈한 유대관계를 맺을 수 있는 것은 덤이다.

독일고등교육진흥원DAAD, 한국학 중앙연구원, 한국의 여러 지자체들. 내가 그동안 서머스쿨 비용을 마련하기 위해 지원금 신청서를 제출한 곳들이다. 2020년부터는 서머스쿨이 우리 연구소와 한국개발연구원KDI 국제정책대학원이 협력사업으로 운영하는 프로그램으로 정착했다. 덕분에 나는 서머스쿨의 내용을 풍부하게 만드는 데 집중한다. 다양한 기관에 연락하고, 여러 전문가를 초대한다. 안 해도 되는 일에 왜 그렇게 정성을 쏟냐고 묻는 사람이 있을 정도로 열심히 준비한다. 그 이유는 역사 현장에서 학생들과 함께 토론하다 보면 그들의 날카로운 지적에 놀랄 때가 한두 번이 아니기 때문이다.

광복 70주년이 되던 2015년 서머스쿨에 참가한 학생들은 8월 15일 일본대사관 앞에서 열린 수요집회에 참석하고 난 후에 초등학교 여학생들이 짧은 치마를 입고 무대에 올라가 춤을 추도록 한 것을 강하게 비판했다. 전쟁 중에 여성에 가해지는 폭력을 비판하는 자리에서 그런 모습을 볼 수 있을 것이라고는 상상하지 못했다고. 나도 별로 깊게 생각해보지 않았던 문제여서 당황했던 기억이 있다.

공주 지역을 중심으로 백제 시기의 유적을 탐방했을 때는 한국사에서 백제 문화가 저평가된 것이 아닌지 의문을 표했다. 1학년 필수 과목인 한국 역사 입문과 한국 문화 입문 강의에서 다루는 삼국시대에 관한 내용이 신라를 중심으로 이루어지고, 백제가 많이 다루어지지 않아서 그런 인상을 받은 것은 아닌지에 대해 한참 토론했다.

여수를 방문해서 여순사건이 시작된 부대의 연병장에서 출발해서 마래터널을 지나 만성리에 있는 위령비를 마주한 우리 학생들은 아무 말도 하지 않았다. 4.3을 주제로 제주도에서 진행한 서머스쿨 참가자 두 사람이 해

방 이후 미군정 시기를 박사 논문의 주제로 선택한 것처럼 이 현장이 학생들에게 강한 인상을 남겼다는 것을 느낄 수 있었다.

명량해전의 현장인 울돌목에 갔을 때는 마침 밀물과 썰물이 바뀌는 시간이었다. 모든 것을 빨아들일 것만 같은 소용돌이 소리가 다리 위에 서 있는 우리에게도 아주 거칠게 들려왔다. 바다 위에 놓인 길을 걸으며 발아래로 휘몰아치는 소용돌이와 같은 한국사에 대해 토론하자고 하는 나를 학생들은 원망의 눈으로 바라보았다. 임진왜란과 이순신에 관해서는 자기들도 충분히 많이 알고 있으니 그냥 혼자서 조용히 그 현장을 느낄 수 있게 해달라는 눈초리였다. 말하지 않아도 학생들이 역사 현장에서 더 많은 것을 배우고 있다는 것을 잊을 때가 있다. 그날도 그런 날이었다.

한국사를 재미있게 들려주는 선생님이 역사 기행에 동행하면 여행이 더욱 즐거워진다. 서산의 해미읍성과 마애삼존불, 남연군묘, 그리고 예산의 추사 고택까지, 가는 곳마다 재미있는 역사 이야기를 한 보따리 풀어놓는 백승종 선생님이 함께해준 2017년, 그의 이야기를 듣는 학생들의 얼굴은 마치 할아버지한테 옛날이야기를 듣는

149

것 같았다. 이분께 우리 학과 한국사 입문 강의를 맡기면 좋겠다는 생각이 들 정도였다. 그때는 온라인 강의로 정기적인 수업을 진행하는 것은 꿈도 꾸지 못하던 시기였다는 것이 안타깝기만 하다.

역사학자가 아니라 정치학자인 나는 역사 이야기를 재미있게 풀어내는 재주가 없다. 현장에서 너무 진지하게 권력관계에 대해 이야기하다가 분위기를 무겁게 만들어버릴 뿐이다. 때로는 내가 먼저 울컥해서 설명을 하지 못하기도 한다.

학생들과 함께 대전에 갔을 때 산내 골령골과 대전형무소를 방문했다. 산내 골령골은 한국전쟁 초기 보도연맹으로 분류되어 경찰에 의해 집단학살된 수천 명의 민간인이 암매장된 지역이다. 원래 지형이 임금의 곤룡포와 닮았다고 '곤룡재'로 불렸는데 민간인 암매장 장소라는 것이 알려지면서 사람들이 '골령골'로 부르는 곳이다. 그리고 대전형무소 우물은 1950년 9월 퇴각하는 북한 인민군이 민간인들을 적으로 몰아 집단학살한 곳이다. 대전형무소 터에 있는 우물에 얽힌 슬픈 이야기를 전해주면서 어릴 때의 기억이 떠올라 말이 제대로 나오지 않았다. 세계에서 가장 긴 무덤으로 알려진 산내 골령골은 내가 어렸을 때 학교에서 봄소풍 가던 곳이었다. 그때 우리는 산골에서 뛰어놀면서 그 아래 어떤 슬픈 이야기가 묻혀 있는지 전혀 몰랐었다는 이야기도 함께 들려주었다. 여전히 유골 발굴이 진행되고 있는 골령골 현장과 대전형무소 터, 두 개의 상반되는 기억의 장소를 보면서 진지하게 생각에 잠기던 학생들은 골령골에서 단체사진 찍는 것조차 망설일 정도였다. 희생자들에게 미안해서.

한국의 역사와 문화를 배우겠다고 무더운 여름에 대한민국 전국을 다니며 현장을 답사하는 학생들은 가는 곳마다 대부분 따뜻한 환대를 받는다. 베를린을 방문하는 외국 학생들이 항상 환대를 받는 것이 아니라는 사실을 잘 아는 우리 학생들은 한국의 정을 느낄 수 있는 다정한 환대에 무척이나 고마워한다. 물론 코로나 팬데믹 기간에는 예외적으로 우리 학생들의 방문을 거부한 곳도 있긴 했다.

한국전쟁을 주제로 필드워크를 진행한 2020년 여름, 우리는 강원도 양구에 있는 펀치볼 마을을 방문해서 그 지역에서 해설사로 활동하는 분과 만나기로 했다. 이 마을은 한국전쟁 당시 미군 종군기자가 마을의 지형이 자신들이 쓰는 화채그릇과 모양이 비슷하다 하여 '펀치볼'이라고 불렀던 곳이다. 강원도 양구군 해안면에 위치해 있는데 우리나라에서 유일하게 민간인 출입통제선 안에 놓인 면단위 행정구역이다. 영화 〈고지전〉의 촬영지인 이 지역은 한국전쟁 시기 가장 치열한 전투가 벌어졌던 곳 중에 하나이다.

우리가 방문하기로 한 날 아침, 해설사 분이 급히 전화를 걸어 양구에 오지 않는 것이 좋겠다고 했다. 마을 어르신들이 코로나 상황이라 외국인 여러 명을 마을에 들일 수 없다고 결정했단다. 외국인은 무조건 의심의 눈초리로 보던 시기였다. 이미 서울에서도 음식점에 들어갈 때 외국인이 단체로 다닌다는 것 때문에 눈치를 보아야 했던 우리 학생들은 펀치볼 방문이 취소된 것을 이상하게 생각하지는 않았다. 갑작스러운 취소 때문에 당황했던 나보다 학생들은 오히려 덤덤하게 받아들였다.

14일간의 자가격리에서 풀려나 서울의 거리를 자유롭게 걸어다닐 수 있는 것만으로도 그들은 만족했다. 버스를 타고 이동하는 시간도 무료해하지 않았다. 1학년 1학기 한국어 수업시간에 배운 동요 〈겨울바람〉을 큰 목소리로 열심히 불러서 기사님을 큰 소리로 웃게 만들기도 했다. 더위 때문에 에어컨을 켜지 않으면 땀으로 범벅이될 것 같은 날씨에 "손이 시려워 꽁, 발이 시려워 꽁" 하고 목청껏 노래 부르는 우리 학생들은 어린아이처럼 순수해 보였다. 저녁 6시 이후로 외출을 금지해도 불평하지 않고, 방에서 필드워크 마지막 날에 있을 프레젠테이션을 준비했다. 이들은 짧은 기간 동안 한국과 독일의 학생들이 한국전쟁을 어떻게 인식하는지 설문조사까지 진행하고 그 결과를 발표해서 나를 감동시켰다.

사찰에서 배우는 한국 문화

        우리 학생들과 처음으로 서머스쿨을 마치고 돌아와 이 프로그램을 더 다채롭게 만들 방법을 고민하고 있을 때였다. 사찰 음식을 외국에 소개하기 위해 베를린을 방문한 조계종 불교문화사업단에서 우리 학생들의 템플스테이를 지원해줄 수 있다고 했다. 덕분에 2016년부터 서머스쿨 프로그램에 템플스테이가 추가되었다.

  송광사, 수덕사, 화계사, 갑사, 화엄사, 신흥사. 서머스쿨 프로그램을 통해 우리 학생들과 함께 템플스테이를 진행했던 사찰들이다. 어려서부터 지금까지 나는 사찰에서 잠을 잘 생각은 꿈에도 하지 않았다. 독일에 살면서 휴가 차 한국에 방문했을 때에도 나에게 불교 사찰은 잠깐 들러 구경하는 곳일 뿐이었다. 그런데 우리 학생들에게 한국 문화를 체험할 수 있는 기회를 주려고 하다 보니 나도 이전에는 한 번도 해보지 않았던 것들을 많이 경험하고 있다. 덕분에 이제서야 제대로 한국을 알아나가는 기분이다.

송광사 스님에게서 한국의 불교문화에 관해 배울 수 있었던 2016년의 서머스쿨은 화보와도 같은 멋진 사진을 여러 장 남겼다. 학생들이 템플스테이 하는 모습을 촬영해서 사찰 화보에 싣고 싶다는 송광사 측의 요청을 학생들이 받아들인 덕분이었다. 전문 사진작가가 이틀 동안 학생들을 따라다니며 찍은 사진은 잡지 화보로 써도 좋을 정도로 멋있었다.

우리 학생들은 사진 촬영보다 불교에 대한 설명 시간에 더 집중하는 것 같았다. 새벽 3시 반에 시작하는 예불 시간에 늦는 사람이 한 명도 없었다. 스님의 지도에 따라 새벽 예불을 끝내고 108배까지 진지하게 마쳤다. 나도 처음 해보는 108배였다. 템플스테이 프로그램에 108배가 포함된 것을 보고 우리 학생들이 어떻게 반응할지 적잖이 걱정했는데 한 명도 포기하지 않고 스님이 주는 신호에 따라 열심히 일어서고 엎드리는 모습에 내심 감동했다. 송광사에 오기 전에 강진 다산초당에 먼저 들렀는데, 가는 길에 덥다고 내내 투덜거리던 이들이 맞나 싶을 정도였다. 백일홍이 흐드러지게 핀 송광사 경내를 줄지어 걸어 다니며 스님의 설명을 경청하는 모습이 멋진 사진에 여러 컷 담겼다. 우리 학생들이 불교문화에 이렇게 관심이 많은데 그동안 내가 수업에서 너무 조금 다룬 건 아닌가 반성하는 시간이기도 했다.

템플스테이를 마칠 때쯤 학생들이 보인 학구열의 비밀이 밝혀졌다. 그동안 템플스테이를 지도해준 스님이 자기는 서른두 살이라며 뜬금없이 나이 고백을 하고 나셨다. 우리 학생들의 놀라고 실망한 표정들을 보고 그제서야 이 친구들이 불교문화에 심취해서가 아니라 잘생기고 어려 보이는 스님 때문에 이틀 동안 그렇게 열심히 따라다녔다는 것을 알았다. 심지어 프로그램을 시작할 때 승가대학의 학생이라고 자신을 소개한 스님이 몇 살인지 알아맞히기 내기를 했다고. 대학생이라고 하니 자기들 또래라고 생각한 것인가. 학생들끼리 이런 이야기 하는 것을 들은 스님이 템플스테이가 끝날 때까지 기다렸다가 본인의 나이를 밝힌 것이다.

나는 스님께 너무 죄송하고 부끄러워 그대로 어디론가 사라지고 싶은 심정이었다. 그냥 웃어야 할지, 아니면 실례를 범했다고 학생들을 꾸중해야 할지 몰라 난감했던 기억이 지금도 생생하다.

이런 낭만적인 사건이 없어도 템플스테이는 서머스쿨에 참가하는 학생들이 가장 기대하는 프로그램이다. 산중에 놓인 사찰에서 한국의 불교문화에 대해 배우고 명상하며 산행하는 시간을 모두 즐긴다. 코로나 팬데믹 기간에는 템플스테이를 하지 못하다가 2022년에야 다시 사찰을 찾을 수 있게 되었다.

학생들은 계룡산 산자락의 정기를 느낄 수 있는 갑사에서 불교문화를 체험하고 108배도 해보고 싶다며 어린 아이처럼 들떴다. 나는 그것이 호기가 아니라는 것을 잘 알고 있었다.

새벽 4시에 일어나 예불에 참석하고 5시 반에 아침 공양을 마친 학생들 중에 에너지가 넘쳐나는 친구들이 연천봉을 올라가겠다고 했다. 학생들만 보내면 안 될 것 같아서 지도교수인 내가 따라가겠다며 함께 길을 나섰다. 사찰에 남아 있는 학생들을 모두 데리고 용문폭포로 가기로 한 9시까지 돌아오기로 하고. 그런데 길을 나선 지 얼마 되지 않아서 내가 학생들을 데리고 가는 것이 아니라 학생들이 나를 이끌고 가는 것이라는 사실을 깨달았다. 그들은 전문 산악인 수준으로 빠른 걸음으로 산을 타고 있었다.

갑사에서 신원사로 가기 위해 넘어야 하는 연천봉까

지의 길이 동학사에서 갑사로 가는 길처럼 평탄할 것이라고 생각한 내가 바보였다. 오르락내리락을 몇 번 하고 계곡을 몇 번 건너고 절벽 수준의 길을 밧줄 잡고 걷는 것이 여러 차례. 가파르고 울퉁불퉁한 계단을 수없이 오르다 연천봉까지 600미터를 남겨두고 나는 결국 포기 선언을 했다. 이대로 계속 따라가면 올라가는 속도가 너무 느려서 원래 계획에 차질이 생길 것 같았기 때문이다.

학생들에게 이 지점에서 기다리겠다고 하니 덴마크에서 온 리스벳이 이 길은 초보자에게는 정말 어려운 코스라고 말한다. 본인들은 정상까지 올라갔다 올 테니 먼저 천천히 내려가라고 한다. 마음씨 착한 미셸이 선생님 혼자 가면 심심하다고 같이 돌아가겠다고 나섰다. 그런데 우리가 갑사에 돌아온 후에 바로 몇 분 되지 않아서 정상까지 올라갔던 학생들도 돌아왔다. 산을 날아다니지 않고서야 그렇게 빨리 돌아올 수 없을 텐데. 연천봉 가는 길은 발톱이 하나 빠질 정도로 정말 험했다. 낄 때 끼고 빠질 때 빠지는 것이 무엇인지를 겸손한 마음으로 배운 하루였다.

우리들만의 졸업식

10월이면 우리 연구소는 아주 분주해진다. 새로운 학기가 시작되기 전 2주일 동안 진행되는 신입생 오리엔테이션 때문이다. 2022년부터는 졸업 논문을 제출한 학생들을 위한 졸업식도 함께 열린다. 그날 우리 연구소는 신입생들과 졸업생들이 함께 만나는 작은 축제의 장으로 변한다. 다른 학과에는 없는 우리만의 졸업식을 준비하는 것 자체가 하나의 축제이다.

자유대학교뿐만 아니라 대부분의 독일 대학들은 1968년의 격렬한 학생운동 이후 위계와 권위를 상징하는 모든 것들을 폐지했다. 졸업식과 졸업 가운도 없앴다. 덕분에 독일에서 대학을 다니고 학위를 받은 나는 한 번도 졸업 가운을 입어보지 못했다. 졸업장과 학위기 모두 행정실 직원에게서 우편으로 전달받았다. 한국의 대학에서 열리는 화려한 졸업식이나 입학식과 비교할 만한 행사가 아예 존재하지 않는다.

그런데 교환학생으로 한국에 다녀온 학생들 대부분이 한국에서 경험한 것 중에 가장 부러웠던 것으로 '졸업식'을 들었다. 많은 학생들이 우리만의 졸업식이 열리면 좋겠다고 했다. 10월 초에 열리는 신입생 오리엔테이션의 마지막 날에 졸업식을 열어서 신입생과 졸업생, 재학생이 함께하는 자리를 만드는 것이 어떠냐고 물으니 선생님들도 모두 찬성했다.

우리 학과에서 이미 오래전부터 진행하고 있는 신입생 오리엔테이션 프로그램은 한글 읽기 연습을 중심으로 이루어진다. 얼마 전까지만 해도 한글의 기역니은도 모르고 입학하는 학생들이 많아서 그들이 기본적인 한글 자모를 배울 수 있도록 몇 시간을 할애해야 했다. 하지만 이제는 한글을 모르고 입학하는 학생이 적어진 만큼 한글 발음 연습에 더 많은 시간을 할애한다. 외국어는 처음부터 정확한 발음으로 배우지 않으면 잘못 익힌 발음을 수정하는 데 아주 많은 시간을 허비할 수 있기 때문이다.

학생들의 발음을 향상시키는 비기는 따로 있다. 어학

160

선생님들은 학생들에게 한국어로 된 노래를 부르게 한다. 특히 된소리와 센소리를 제대로 익힐 수 있는 노래들을 가르쳐준다. 학생들이 즐겨 부르는 노래는 〈겨울바람〉이다. 서머스쿨 때 한국의 무더위에 맞서 싸운 동요말이다.

2022년에는 신입생 오리엔테이션 프로그램에 노래 부르는 시간을 더 많이 넣었다. 이번에는 좀 더 발전시켜서 동요가 아닌 가곡이나 가요를 배우면서 발음을 연습해보기로 했다. 소프라노 박문숙 선생님이 방문학자로 오셨기 때문에 시도해볼 수 있는 일이었다. 그분은 실제 한국 가곡의 발성과 발음을 강의하는 음악과 교수님이다. 오리엔테이션 프로그램을 논의하는데 신입생들을 위해 한국 가곡을 통한 발음 수업도 하고, 졸업생을 위한 작은 음악회도 열자고 먼저 제안해주셨다. 카네기홀에서 공연하는 성악가가 우리 연구소에서 독창회를 해주신다고 하니 그저 영광일 수밖에.

소프라노인 선생님과 베를린 음대에서 첼로와 피아노를 공부하고 있는 젊은 음악가 두 사람이 한 팀이 되어서 연습에 매진했다.

그해 가을, 우리 연구소의 회의실이 음악 스튜디오로

멋지게 변모했다. 비록 디지털이지만 그랜드피아노까지 장만해 우리만의 졸업식을 위한 음악당으로 변신한 날, 60명까지 앉을 수 있는 공간이 100명이 훨씬 넘는 사람들로 북적인다. 그해 졸업하는 학생들 가운데 베를린에 올 수 있는 학생들이 행사의 주인공이 되었다. 한 명, 한 명에게 한국어로 된 졸업장과 함께 졸업 가운을 대신한 색동 비단으로 만든 한국학과 숄을 어깨에 둘러주었다. 연구소 정원에서 부모님, 친구들과 함께 기념사진을 찍는 학생들의 상기된 얼굴은 우리 모두를 행복하게 만든다.

졸업식 막바지에 열리는 깜짝 이벤트가 프로그램의 하이라이트. 첼로와 피아노 반주가 곁들여진 박문숙 선생님의 독창회에서 〈신아리랑〉 같은 가곡의 서정성에 감동한 신입생들과 선생님들이 이번에는 졸업생을 위해 함께 준비한 축가를 부른다. 우리가 선택한 곡은 015B의 〈이젠 안녕〉. 학생들보다는 선생님들이 선호하는 노래였다. 다음 해에는 학생들이 좋아하는 드라마 〈이태원 클라쓰〉의 주제곡인 가호의 〈시작〉을 골랐다. 서머스쿨에 참가한 학생들이 가장 열정적으로 떼창을 했던 곡이다.

2주 동안 한국어 발음을 연습한 신입생들이 우렁찬 목소리로 자신 있게 노래를 부른다. 덕분에 몇 번 연습하지

162

못한 선생님들도 함께 열창한다. 선생님과 후배들이 함께 불러주는 노래를 들으면서 너무 감동해서 눈물이 조금 나왔다는 우리 졸업생들. 그 마음이 예뻐서 나는 그들의 등을 토닥여주었다.

우리 학생들이 모두 함께하는 졸업 의식을 통해 나는 동문 개념이 없는 이들에게 한국의 동문 개념과는 다르게 긍정적인 의미로 한국학 공동체라는 의식을 심어주고 싶었다. 앞으로 유럽과 독일 사회에서 한국 전문가로 많은 활약을 해주길 바라는 나의 소망이 그들에게 전해지기를 바랐다.

3부

한국을 심기 위한 말 걸기

한국학과 학생들의 연하장 사진

독일에 상륙한 한류에 올라타기

　　팬데믹이 한창 기승을 부리기 시작하던 2020년을 전후로 독일에서 한국을 심는 일이 성과를 거둘 수 있겠다는 희망이 구체적으로 보이기 시작했다. 영국과 프랑스에서는 이미 오래전에 불고 있던 한류 열풍이 독일에도 상륙했다는 것을 일상에서도 느낄 수 있다.

　동네 슈퍼마켓 진열대에서 한국 라면과 고추장을 팔고, 시내 옷가게에서 BTS의 노래를 틀어놓고 있다. 독일의 청소년 중에 방탄소년단과 블랙핑크의 팬이 학교에 한 명 정도 있는 것이 아니라 각 학급마다 한두 명씩 있다는 이야기도 들린다. 독일어를 하나도 못하는 한국인 학생이 독일 학교에 새로 전학을 왔는데 '아미' 덕에 인싸가 되었다는 이야기, 독일 초등학교에 한국 아이가 새로 전학 온 첫날 한글을 쓸 줄 안다는 이야기에 자기 이름을 한글로 써달라는 친구들이 줄을 길게 섰다는 뉴스까지. 이들 모두 변화한 한국의 위상을 실감하게 해주는 이야기들이다. 지금 독일에서도 동아시아에서 중국이나 일본을 먼저 접하지 않고 그냥 한국을 좋아하게 된 첫 번째 세대가 성장하고 있다.

　주말에 산책하러 나가는 그뤼네발트 숲에서 만난 독일인이 나에게 한국어로 인사하는 날이 올 거라고 꿈도 꾸지 않았는데 그런 일이 정말 일어났다. BTS를 좋아해서 아미가 된 딸이 한국에 가고 싶어서 열심히 여행 준비를 했는데 코로나 때문에 비자를 받지 못해서 실망했지만 언젠가는 꼭 한번 한국에 가볼 것이라는 젊은 아빠의 이야기를 들은 날은 하늘을 날 것처럼 기분이 좋았다. 몇 년 후 아직 십대인 이들이 대학에 입학하게 되면 독일의 한국학이 어떤 모습을 하고 있을지 머릿속으로 그려보는 것은 직업병이라고 해야 하려나.

　한국학을 전공하지 않아도 한국에서 공부하고 싶어하는 학생도 많아졌다. 한국으로 파견할 교환학생 프로그램 신청자가 지난 몇 학기 사이에 거의 폭발적으로 증가했다. 한류의 영향도 크지만 한국의 위상이 그만큼 높아진 것이다. 우리 학교의 경우 매년 한 번 선발하는 한국으로 파견할 교환학생 프로그램 지원자도 경영학, 법학, 정치학 등 사회과학을 비롯해 자연과학 분야까지 다양해졌다.

한 학기 내지 일 년 동안 한국에서 교환학생으로 공부하려는 독일과 유럽의 대학생들은 우리 문화를 배우고 한국인 친구들을 사귀면서 자연스럽게 한국을 이해하고 좋아하게 된다. 그들은 한국을 잘 아는 '지한파', 또는 한국에 아주 우호적인 '친한파' 인사가 될 수 있는 가능성이 아주 큰 그룹이다. 젊은 시절의 경험이 그만큼 중요한 것이다. 지금 한국에 가고 싶어 하는 유럽의 대학생들 중에서 몇 년 후에 그런 중요한 역할을 하는 사람이 나오지 말란 법이 없다. 저명인사가 아니더라도 유럽 사회에 한국을 이해하고 좋아하는 사람이 그만큼 늘어난다는 것은 긍정적인 신호다. 한국을 알리는 데 한국에서 좋은 경험을 한 교환학생들보다 더 좋은 자원은 찾기 어려울 것이다. 이를 증명해줄 구체적인 사례는 셀 수 없이 많다.

2020년 코로나에도 불구하고 한국에 교환학생으로 다녀온 독일 학생의 가족 모두가 한국 팬이 되는 것을 옆에서 지켜볼 수 있었다. 그 학생은 한국학 전공도 아니고 가족들 모두 아시아에는 한 번도 가본 적 없는 사람들이었다. 한국 음식을 접해볼 생각도 하지 않았던 사람들이 한국에 다녀온 딸의 영향으로 김치와 초코파이를 사기 위해 한국 마트를 찾기 시작했다.《82년생 김지영》을 모녀가 함께 읽고 한국 소설을 더 많이 읽기 위해 한국문화원을 찾았다. 그들은 딸이 한 학기 동안 멋진 시간을 보내고 온 한국에 대해 아주 많은 호감을 갖게 되었다. 한국에 관한 신문 기사도 눈여겨보고 한국과 관련된 행사에 적극 참여하기도 한다. 한국을 좋아하는 딸 덕에 부모도 한국을 발견한 것이다.

한국 영화는 김기덕과 홍상수 감독만 있는 줄 알던 사람들이 박찬욱과 봉준호 감독의 영화에 관해서 토론해 보자고 한다. 얼마 전까지만 해도 한국 텔레비전의 드라마를 분석한다고 하면 그런 쓰레기를 왜 분석하냐는 냉소적인 비난을 들어야만 하는 곳이 독일의 학계였다. 그런데 이제는 많은 동료들이 넷플릭스에서 한국 드라마를 보고 있다는 이야기를 꺼내곤 한다.

어떤 동료는 교수 채용을 위한 심사위원회 회의 중 휴식시간에 살짝 옆에 와서 〈이상한 변호사 우영우〉와 〈사랑의 불시착〉을 몰아서 보느라 며칠 밤을 새웠다고 속삭인다. 드라마 속으로 빨려들었다고. 일이 너무 많아서 몇 시간씩 드라마를 보고 있을 여유가 없는데도 그런 거 전부 무시하고 그냥 드라마를 봤단다. 현빈과 손예진이 결혼해서 아이를 낳았다는 이야기도 나에게 전해준다. 그리고 〈이상한 변호사 우영우〉를 통해 비쳐지는 한국이 정말 매력적이라고 감탄사를 연발한다. 넷플릭스를 통해 방영되는 드라마들이 한국이 가진 최고의 문화 외교 수단인 것 같다는 자신의 견해도 덧붙인다. 언젠가 한국에 꼭 같이 갈 수 있으면 좋겠다는 말도 함께. 그 이야기를 옆에서 듣고 있던 다른 동료 교수가 그 여행에 자기도 꼭 데려가달라고 한다.

2018년에 동료 교수들을 위해서 서원을 중심으로 하는 한국 문화 답사 프로그램을 기획해서 함께 가자고 제안했을 때만 해도 몇 명만 참가하겠다고 했었는데, 마치 그 사이에 한국을 중심에 두고 천지가 개벽한 것 같다. '한국'을 보는 독일인들의 시각에 서서히 변화가 시작되고 있다는 기대가 조금 생겼다.

한국적인 것을 즐기는
젊은이들 응원하기

독일 젊은이들에게 한국은 자신들의 꿈을 이루기 위해 가서 살아보고 싶은 나라 중의 하나가 되었다. 그들이 아는 한국은 인터넷 속도가 독일에 비해 훨씬 빠르고, 홍대처럼 즐길 수 있는 곳이 많은 풍요롭고 잘사는 나라이다. 경제적으로 어려웠던 과거, 한국전쟁, 독재, 민주화 투쟁 정도만 어렴풋이 알고 있는 그들의 부모 세대가 가지고 있는 한국에 대한 이미지와는 완전히 다른 나라이다.

한국 드라마와 케이팝 덕분에 한국을 즐기기 시작한 독일 젊은이들은 삼겹살, 치맥, 노래방을 주로 찾는다. 정갈하게 차려진 한정식보다 삼겹살을 구워 상추와 쌈장에 싸서 먹는 것을 즐긴다. 나는 그들에게 삼겹살과 치맥이 한국을 대표하는 음식이 아니라고 굳이 설명하지 않는다. 독일에서는 돼지 뒷다리를 구워서 만든 학센을 꼭 먹어보아야 한다고 하는 한국 여행객들에게 그것이 독일의 대표적인 음식이 아니라 바이에른 지역의 음식이라고 굳이 설명할 필요가 없는 것과 마찬가지다. 한국 문화를 접하면서 자연스럽게 다른 음식도 알아가기 때문이다. 성급하게 한국 문화가 이런 것이라고 그들에게 강요하지 않고, 천천히 스스로 이해할 수 있도록 도와주면 그들은 자신만의 한국을 발견한다.

개중에는 한국 드라마와 예능 프로그램에 등장하는 음식이 어떤 맛인지 궁금해하는 경우도 있다. 떡볶이와 비빔밥, 잡채와 불고기뿐만 아니라 삼계탕과 김치찌개의 맛을 알아가는 친구들을 보며, 마늘 냄새가 날까 봐 김치 먹는 것을 포기해야 했던 오래전의 기억을 떠올렸다. 그들은 포장마차에 앉아서 소주 마시는 것을 실제로 해보고 싶어 하기도 한다. 노래방에 가서는 몇 시간 동안 함께 떼창을 하며 흥을 낸다. 함께 부를 수 있는 노래라면 케이팝이든 브리티시 록이든 가리지 않는다. 노래를 잘하는 것도, 잘 부르려고 하지도 않는다. 그냥 함께 노래하는 것 자체를 즐긴다. 그런 모습 속에서 열성적인 축구 팬들이 떼창할 때와 유사한 분위기를 느낄 수 있다. 노래방을 즐기는 것이 축구를 보는 것처럼 스트레스를 해소하는 하나의 방법이 된 것이다.

불행하게도 내가 가장 좋아하는 단팥빵과 백설기를 함께 즐기려고 하는 독일 친구는 아직 찾지 못했다. 그나마 호떡을 먹어보고 싶어 하는 사람들은 많아서 다행이다. 베를린에서 한국 음식 밀키트를 판매하는 스타트업 회사가 만든 서울 여행 음식 세트에 호떡이 포함된 덕분에 서울에 가지 않아도 그 맛을 알려줄 수 있게 되었다.

BTS와 배우는 한국어를
제2 외국어로

독일 대학생들의 한국에 대한 관심도 이미 오래전에 한국학과의 울타리를 넘어섰다. 한국학을 전공하지 않지만 한국어를 배우는 대학생들의 수도 많이 늘었다. 학생이 아니어도 한국 노래를 발음까지 정확하게 잘 부르고, 자막 없이 한국 드라마를 보기 위해 한국어를 배우려고 하는 사람이 분명히 늘었다. 그동안 독일에는 대학 말고는 한국어를 배울 수 있는 기관이 없었다. 그렇기 때문에 우리 학과도 한국학을 전공하지 않으면서도 한국어를 배우겠다고 청강 신청을 하는 학생들 때문에 항상 골머리를 앓았다. 이제는 다행히 세종학당이 여러 곳에 세워졌고, 독일의 평생교육기관인 시민학교에서도 한국어 수업을 제공한다.

175

우리 학교에서도 팬데믹 기간 동안 국제교류재단의 도움으로 하이브와 한국외국어대학교가 개발한 교재 〈Learn Korean with BTS〉를 활용하는 온라인 수업을 개설했다. 초급과 중급 두 강좌가 교양과목으로 편성되었다. 이 강의는 한국학을 전공하지 않아도 자유대학교 학생이면 누구나 신청할 수 있다. 한 강좌에 최대 15명까지 등록할 수 있다.

한국학 전공자를 위한 수업과 달리 이 수업에서는 일상에서 사용하는 쉬운 한국어를 천천히 연습한다. 배운 문장과 표현을 BTS 멤버들이 어떻게 사용하는지 들어볼 수 있게 만든 미디어펜을 활용하는 재미도 함께 만끽할 수 있다. 그만큼 수업에 대한 호응도가 높다고 한다. 수강 신청이 빛의 속도로 마감되는 것을 보면서 여러 개의 한국어 강좌를 개설해도 좋을 것 같다는 생각이 들었다.

그 무렵 우리 학과의 어학팀장인 김은희 선생님이 우리 학교에도 세종학당을 설립하자고 제안했다. 자유대 학생들뿐만 아니라 한국어를 배우고 싶어 하는 베를린 시민들, 특히 청소년들을 위한 수업을 제공할 필요가 있다고 했다. 김은희 선생님은 2008년부터 우리 학과의 어학팀을 이끌면서 학생들을 위해 모든 것을 헌신하신 분이다. 나는 항상 그랬던 것처럼 그의 제안을 받아들였고, 2024년 1월 세종학당 재단에 지원했다. 5월 말, 현지 실사를 나온 세종학당재단의 심사위원들과 가진 회의에서 김은희 선생님은 우리의 최종 목표는 한국어를 제2 외국어로 만드는 것이라고 설명했다.

그날의 프레젠테이션이 김은희 선생님이 나에게 남겨준 마지막 과제가 될 것이라고는 꿈에도 생각하지 않았다. 오랫동안 힘든 병마와 싸우면서도 언제나 밝고 긍정적인 모습으로 우리는 할 수 있다고 나를 격려해주던 큰 언니 같은 분이었는데, 6월 초에 그만 세상을 떠나셨다. 마지막 순간까지 우리 학과에 설치할 세종학당에 대한 걱정을 하셨다고 한다. 장례식을 치르면서 나는 우리 선생님들과 약속했다. 김은희 선생님이 마지막으로 기획한 베를린 세종학당을 성공적인 작품으로 만들자고.

8월 26일 베를린에 거주하는 모든 시민이 참가할 수 있는 세종학당 한국어 수업이 시작되었다. 우리 연구소의 강의실이 자유대 학생이 아닌 어린 청소년과 백발의 독일인들이 한국어를 배우는 공간으로 변신했다. 지금 우리는 세종학당의 어학 수업을 주변의 중고등학교로 확산시킬 수 있는 방법을 궁리하고 있다. 한국어가 베를린의 중고등학교에서 제2 외국어로 공식적으로 채택되도록 하는 것이 우리의 궁극적인 목표이다.

독일 언론에 대응하기

　　팬데믹 초기, 한국 대중문화에 대해 무관심으로 일관하던 독일 주류 언론이 한류에 주목하기 시작했다. 신문과 방송에서 한류와 케이팝에 관해 인터뷰해달라는 요청을 자주 보내왔다. 북핵 문제를 제외하면 한국에 관한 보도를 거의 하지 않던 독일 언론이다. 그래서 나는 그들이 한국과 관련된 인터뷰를 요청해오면 거절하지 않는다. 오히려 그들이 한국에 더 많은 관심을 가질 수 있도록 많은 시간을 내준다.

　《독일통신》의 한 기자는 내게 인터뷰를 요청하면서 "당신이 케이팝의 유행이 한국 정부의 전략에 의해 만들어진 것이라고 할 수 없다고 주장하는 이유가 무엇인가?" 하는 질문지를 보내왔다. "한국 아티스트들의 일상생활이 얼마나 힘들다고 보는가? 그들이 받는 스트레스의 정도는? 한국 아티스트들의 자살률이 예전에 비해 현저하게 증가했나?"와 같은 질문도 덧붙여서.

인터뷰 자리에서 나는 그가 보낸 질문지의 내용을 분석해주었다. '한국 대중문화'가 아니라 그냥 '대중문화'에 관해 보도하면서 정부의 역할에 관한 질문을 던질 수 있다고 생각하는지 물으니 답을 하지 못했다. 한국 엔터테인먼트 회사의 연습생 제도와 독일 축구 클럽들이 어린 축구 영재들을 키워내기 위해 만들어놓은 시스템이 본질적으로 다르지 않다는 설명에는 금방 수긍했다.

케이팝 아이돌로 성공하는 것이 올림픽에 나가서 금메달 따는 것과 다르지 않다고 볼 수 있는데, 올림픽 금메달리스트들 중에 혹독한 훈련과 반복되는 연습을 거치지 않은 사람이 있다고 생각하는지 물으니 당연히 없다고 답한다. 그런데 당신이 보낸 질문의 요지를 정리하면, "한국은 정부 차원에서 어린 청소년들을 혹독하게 훈련시켜서 국제 무대에 내보내 돈을 벌게 만드는 전략을 구사하는 이상한 나라"라는 선입견을 가지고 있는 것으로 보인다는 설명에 내심 놀라는 눈치였다. 그것이 한국 대중문화에 대한 독일 언론의 보도에서 항상 볼 수 있는 오리엔탈리즘의 전형적인 모습이라고 지적하자 아무 대답도 하지 않았다.

독일 언론이 한류를 대하는 태도는 1990년대 닌텐도와 망가, 애니메이션을 중심으로 확산된 일본발 대중문화 붐을 대하는 방식과 확연히 다르다. 당시 그들은 일본인이 드러나지 않았던 일본 대중문화 붐, 재팬웨이브에 대부분 호의적이었다. 그런데 한국인 가수, 배우에 의해 주도되는 한류에 대해서는 대부분 거부감을 보이거나 폄하한다.

나아가 케이팝을 소비하는 팬들을 십대 소녀로 단정하고 그들의 기호를 무시한다. 《프랑크푸르트 알게마이네》의 한 기자는 케이팝이 "사랑을 노래하지만 섹스를 이야기하는 것이 아니고, 엉덩이를 흔들지만, 반쯤 벗고 진흙탕에서 춤을 추지도 않기 때문에 특히 좋은 가정에서 자란 어린 딸들이 좋아한다"고 한다. BTS가 "단순한 일렉트로팝으로 너무 복잡하지 않고, 항상 귓속에서 앵앵거리는" 수준의 음악을 가지고 한국어로 노래하면서도 세계적으로 인기 있는 이유가 완벽하게 만들어진 외모 때문이라고 주장한다. 오디션에 참가해 BTS 노래를 부른 14세 소녀를 앞에 세워두고 그런 이야기를 하면서 그것이 케이팝 팬을 모욕하는 것이라고 생각하지도 않는다.

주요 일간지들은 일제히 BTS 멤버가 코로나에 걸렸다는 소식을 보도할 정도로 케이팝이 세계적으로 주목받고 있다는 사실엔 수긍하지만, 한류가 서구 문화의 헤게모니를 깨고 있음을 실제로는 인정하려고 하지 않는다. 그런 사람들과 지속적으로 소통하는 것이 즐거운 일은 아니다. 그러나 그들과 만나서 토론하고, 문제를 지적하지 않으면 한국을 보는 그들의 시각이 수정될 가능성이 아예 없다. 그렇기 때문에 나는 지금도 그들에게 계속 말을 건다.

오래전부터 일종의 '한일전'이 벌어지고 있는 베를린의 문화 외교 현장에서 한국에 대한 이해도를 높여보겠다고 안간힘을 쓰고 있는 나 같은 사람에게 BTS는 희망의 불씨를 가져다준 고마운 우군이다. BTS의 군백기 때문에 독일에서도 이제 막 불기 시작한 한국풍이 제대로 그 흔적을 남기기 전에 다시 사그라지지 않을까 하는 걱정 아닌 걱정도 했다.

독일의 주류 언론이 앞으로도 계속 케이팝에 대해 성차별적이고 유럽중심주의적인 기사를 써서 아침마다 화가 나도 좋다. 대중문화를 소비하는 청소년들의 기호가 아주 빠르게 변한다고 하는데, 케이팝 그룹들이 계속 멋

진 음악을 만들어서 새로운 세대에게 많이 사랑받기를
간절히 바란다.

케이팝이 독일에 상륙한 것을 일상적으로 실감하게 되었을 때 코로나가 시작되었다. 연일 이어지는 동양인에 대한 차별은 한류가 독일에 상륙한 기쁨을 마음껏 즐길 수 없게 만들었다. 흑사병이 유행했던 중세 유럽에서 유대인들이 희생양이 되었던 것처럼 코로나가 시작된 21세기 유럽에서 동양인이 혐오의 대상이 되었고 한국 학생들도 종종 그 피해자가 되었기 때문이다.

베를린 시내 한복판에서 동양 여성이 머리채를 잡히고 코로나 바이러스라는 욕을 듣는 일이 일어났다. 베를린 지하철에서 코로나 바이러스라고 불리며 희롱당한 한국인 학생이 경찰로부터 아무런 도움을 받지 못했다는 소식이 들려왔다.

무엇엔가 머리를 한 대 얻어맞은 느낌이었다. 이대로 가만히 있는 것은 사회적 책임을 저버리는 것 같았다. 나는 혐오로 인한 폭력과 그로 인한 인권 침해 문제를 제기할 수 있는 기관에 연락하고, 여러 곳에 항의 서한을 보냈다. 그것이 큰 효과를 가져올 것이라고 기대하지는 않았다. 항의해서 사라질 수 있는 문제였다면 21세기가 된 지금 이런 문제가 발생하지도 않았을 것이기 때문이다.

코로나의 시간은 독일인들과 유럽인들이 여전히 자신의 필요에 따라 비유럽 사회에 대한 이미지를 만들어내고 있다는 것을 적나라하게 보여주었다. 이미 오래전부터 문화비평가들이 강하게 비판했기 때문에 이제는 많이 극복되었다고 생각했던 유럽중심주의와 오리엔탈리즘이 거침없이 그 민낯을 드러낸 것이다. 코로나라는 알 수 없는 바이러스에 대한 두려움 때문에 유럽인들은 주저없이 동아시아인을 희생양으로 만들었다.

인종을 근거로 사람을 차별하는 것은 그것이 어느 곳에서 어떤 형태로 발생하는가에 관계없이 그 자체로 거부해야만 한다는 점에 모두 공감한다고 믿어왔다. 그러나 코로나의 시간은 그런 믿음이 근거없는 것이었다는 사실을 일깨워주었다. 일상적 인종주의는 끊임없이 경고하고, 비판해야만 하는 문제였다.

오랫동안 잊혀졌던 유럽인들의 황색 혐오가 코로나

185

로 인해 다시 수면 위로 떠오르던 시기, 독일인들이 우리를 보는 시각에 대해 다시 진지하게 고민하게 되었다. 코로나 방역 때문에 연일 한국에 관한 보도가 언론에 등장했다. 독일에 상륙한 케이팝과 한류, 한국의 코로나 방역과 관련된 이야기들이 독일 언론에 자주 등장하면서 한국이 독일인들의 일상적인 대화의 주제가 되었다. 물론 그것이 항상 한국에 대해 긍정적이거나 호감을 표현하는 내용은 아니었다. 한국의 성공적인 방역 정책을 칭찬하기보다, 오히려 무엇인가 꼬투리 잡아서 깎아내리고 싶어 하는 것처럼 보일 때가 많았다. 그 이유가 무엇인지 궁금했다.

2020년 3월, 독일과 서구의 확진자 수가 급증하는 반면 한국의 방역 정책이 성공적이라는 사실이 객관적인 수치를 통해 분명히 증명되었다. 그럼에도 불구하고 독일에서는 여전히 마스크 사용의 효과를 의심하는 사람들의 목소리가 더 컸다. 마스크 사용 여부가 동양과 서양의 문화 차이와 관련이 있다는 근거없는 주장까지 등장했다. 한국인들은 권위주의적이고 집단주의적인 유교문화에 길들여졌기 때문에 자신을 드러내지 않을 뿐만 아니라 서로 눈을 마주치지 않는 것에 익숙해서 마스크를 쓰는 데 거부감을 느끼지 않는다는 것이다. 반면에 독일인은 개인의 정체성을 드러내는 것에 익숙해서 마스크로 얼굴을 가리는 것을 거부한다고.

　독일과 서구 사회에는 동아시아와 관련된 모든 것을 유교문화와 연결짓고, 자신의 필요에 따라 유교를 이상화하거나 폄하하는 문화주의적 전통이 17세기 중반 이후 뿌리 깊게 내려 있다. 내가 교수자격논문에서 입증한 것처럼 유럽의 사상가들은 동아시아 사회가 19세기 근대화 경쟁에서 낙오한 것, 20세기 경제발전에 성공한 것, 그리고 1990년대 말 아시아 금융위기를 겪은 것 모두 유교문화의 책임으로 돌렸었다.
　이제는 하다못해 한국인들이 마스크를 착용하는 이유를 유교문화에서 찾느냐는 나의 질문에 인터뷰를 요청한 기자는 답을 못 했다. 나는 그에게 한국 정부가 시행한 방역 정책 중에 다른 나라에서 실행 불가능한 것은 없다고 이야기해주었다. 공자님도 힘드니까 필요할 때마다 무덤에서 불러내지 말라는 이야기와 함께.

일상적 인종주의라는

숨겨진 폭력에 맞서

    독일 학계에서 활동하면서 끊임없이 유럽중심
주의와 부딪혔다. 마치 유럽 이외의 지역에 유럽과 동등
한 문명이 존재할 수 없는 것처럼 생각하는 지식인들이
지금도 여전히 주류를 이루기 때문이다. 독일 학계에 잘
알려진 어느 원로 학자가 일본과 한국 여행을 마치고 와
서 보인 반응이 그런 시각을 적나라하게 보여주어서 놀
라움을 금치 못했던 기억이 있다.

  그는 유럽과 북미 외에는 다른 어느 곳도 방문하지 않
았는데, 도쿄와 서울의 거리가 베를린보다 깨끗하고 잘
정돈되어 있는 것에 놀라워했다. 처음으로 서구를 벗어
나 여행해본 한국과 일본에서 서구와 비교해도 손색이
없는 문명을 볼 수 있었다며 감탄했다.

  여행에서 돌아온 직후 그는 유럽인들이 저술한 동아

시아에 관한 책들을 찾아 읽으면서 한국과 일본에 대해 공부하기 시작했다. 그리고 서울과 도쿄가 외형적으로는 베를린보다 더 잘 정돈된 것처럼 보이지만 그것은 주민들이 권위에 순종하도록 훈련받았고, 유교적 집단주의에 익숙하기 때문이라고 나름대로 해석했다. 마음에 들지 않는 현상에 대한 흡족한 설명을 찾은 얼굴로. 베를린보다 잘 정돈된 서울과 도쿄를 본 후 가졌던 독일 문화의 우월성에 대한 의심을 그는 그렇게 풀었다.

독일 문화의 우월성에 대해 추호도 의심하지 않는 독일의 지식인들은 일상 속에서 일어나는 인종차별 문제를 인지하지 못한다. 일상적 인종주의라고 부르는 숨겨진 폭력이 늘 존재해왔음에도 불구하고 그것이 문제라고 지적하지도 않는다. 독일의 어린이 동요집에 수록되어 있는 〈콘트라베이스를 들고 있는 세 명의 중국인〉이라는 노래가 인종주의적이고 동아시아인에 대한 모욕이라고 지적하면 오히려 너무 예민하게 반응한다는 비판을 받을 각오를 해야 한다.

콘트라베이스를 가지고 있는 세 명의 중국인이 길에 앉아서 함께 이야기를 하고 있는데 경찰이 와서 이게 무엇이냐고 묻는다는 간단한 가사의 이 동요는 그 내용이 아니라 2절부터 6절까지 모음을 전부 아-에-이-오-우로 바꾸어 부르는 입모양 때문에 웃음을 유발한다. 이 노래가 처음 등장했던 20세기 초반에는 일본인을 대상으로 부르던 것이었는데 언제부터인가 중국인으로 대체되었다. 중국인 일본인 상관없이 그냥 동아시아인을 희화화하는 것이다.

독일 대학에 신입생으로 입학했을 때 기숙사에 함께 살던 친구들이 처음 가르쳐준 노래도 바로 이 곡이었다. 그때는 친구들이 왜 이 노래를 부르면서 그렇게 깔깔거리는지 잘 몰랐다. 그저 이상한 입모양을 하고 노래를 부르며 어린아이처럼 재미있어하는 모습이 유치하다고 생각했을 뿐이다.

그 당시에는 길을 걷다가 어린아이들이 찢어진 눈을 만들며 "칭챙총"이라는 이상한 소리를 내는 것을 보고도 그냥 무시하고 지나쳤다. 철없는 아이들이 하는 행동에 정색하고 반응하는 것이 적절하지 않다고 생각했다. 놀라운 것은 그 옆에 서 있는 어른들이 아이들에게 그런 행동을 하면 안 된다는 말을 하지 않는다는 사실이었다. 지금도 어린아이들이 그런 행동 하는 것을 부끄러워하지 않고, 아무도 제지하지 않는다. 심지어 TV 퀴즈쇼에 출연한 저명인사의 입에서 아시아라는 단어가 나오자 이

190

상한 목소리로 "칭챙총" 하는 장면이 공영방송에서 그대로 방영되기도 한다. 동아시아인을 희화화하는 것이 그만큼 일상적인 것이다.

반면 독일의 지식인들은 타자인 내가 유럽 문화의 우월성에 대해 의심을 제기하는 것에 대해서는 대부분 아주 민감하게 반응한다. 그들이 유럽 근대의 사상적 토대라고 믿고 있는 계몽주의에 내재한 유럽중심주의를 비판하려면 신성 모독에 준하는 거대한 범죄 행위를 저지른 사람처럼 공격받을 각오를 해야 한다. 그에 대응할 만한 확실한 논리가 없다면 아예 시비를 걸지 않는 것이 좋을 수도 있다. 공개적인 토론장에서 보여주던 고상한 철학자의 가면을 벗어던진 유럽중심주의자와 맞장을 떠야 할 수도 있기 때문이다. 토론을 두려워한다면 독일 지식인들이 가지고 있는 우리에 대한 편견을 고치는 것은 요원한 일이 된다. 언제든 그런 토론에 임할 수 있는 준비를 하고 있어야만 한다.

참을 수 없는 고질병,

유럽중심주의와 맞장 뜨기

학술원 회원이 된 뒤로 원로 학자로 존경받는 많은 이들의 사유에 견고하게 자리 잡고 있는 유럽중심주의의 높은 벽을 더욱 실감했다. 문화이론과 사회과학, 지역학에서 오래전부터 진행된 구조주의와 탈식민주의의 비판적 담론이 어떤 흔적도 남기지 않은 것은 아닌지 자주 묻게 되었다. 독일의 인문학이 영미권보다 더 보수적일 수도 있다는 의심도 들었다.

학술원에서 2022년에 진행한 "계몽사상 프로젝트"는 그런 의심을 더욱 강하게 만들었다. 이 프로젝트의 첫 번째 이벤트로 준비된 공개토론의 제목이 "계몽을 아직 구할 수 있는가?"였다. 내가 맡은 주제는 '계몽사상과 유럽중심주의'였다. 프로젝트에 참여한 연구원들이 젊은 세대였기 때문이었을까, 아무도 계몽사상사에서 드러나는 유럽중심주의를 보여주는 것에 대해 그렇게 반감이 클 것이라고 생각하지 않았다.

유럽 원로 철학자들의 아집과 고집을 너무 간과했나 보다. 사회자가 계몽사상이 인류에 대해서 이야기하지만 그로 인해 인종주의, 유럽중심주의라고 비판을 받는데, 그 이유가 계몽사상이 실제로 유럽중심주의적이고 인종주의적이기 때문인가 하는 질문을 던졌다. 그에 대한 나의 대답은 간단명료했다. 계몽사상은 초기와 달리 시간이 흐르면서 유럽 중심적인 전환을 거쳤고, 궁극적으로는 유럽중심주의적이고 인종주의적이 되었다는 것이었다. 18세기 이후 계몽사상에서 논의된 인간의 범주가 모든 인간에게 동일하게 적용된 것이 아니라는 것을 그 근거로 제시했다.

모든 인간이 이성을 가지고 태어났다고 본 계몽 초기의 사유와 유럽 이외의 모든 것을 야만적 또는 이국적인 것으로 치부해버린 계몽 후기의 사유는 본질적으로 서로 상이한 것이다. 계몽 후기의 사상가들은 문명화된 유럽의 재산이 있고 교육받은 백인 시민 남성들만 누구를 인간의 범주에 포함시킬 것인지 결정할 권한을 갖는 것을 당연하다고 보았다. 그런 의미에서 유럽의 계몽사상이 18세기 초반 이후 유럽중심주의적 전환을 겪었다고 할 수 있다. 나는 베를린 학술원에서 추진하는 계몽 프로젝트가 이 문제에 대한 인식에서 출발해야 한다고 주장했다.

언제나 그랬듯이 유럽 철학의 주류를 이루는 칸트 철학의 권위자로 알려진 원로 철학자들이 그에 대해 강력하게 반대하고 나섰다. 특히 칸트의 〈지리학 강의록〉에서 드러나는 유럽중심주의적 시각을 지적한 것을 받아들일 수 없다는 입장. 그들에게는 일종의 신과 같은 칸트를 감히 동양인인 내가 "유럽중심주의적인 사고로부터 자유롭지 못한 철학자"라고 비판하는 것을 받아들이기 어려워했다. 〈무엇이 계몽인가〉라는 칸트의 글을 보면 칸트가 얼마나 개방적인 사유를 한 사람인지 알 수 있다는 것이 그들의 주장이었다.

그런데 유감스럽게도 칸트가 40학기도 넘게 진행한 〈지리학 강의록〉을 보면 1764년과 1771년, 1772-1774년 그리고 1783년의 강의 내용이 완전히 다르고 그 사이에 인종주의적 사유의 원조라고 할 수 있는 크리스토프 마이너스Christoph Meiners의 의견을 그대로 수용한 것으로 드러난다는 나의 설명에는 다른 답을 내놓지 못했다.

토론이 끝나고 난 후 젊은 연구자들이 메일을 보내왔다. 그동안 다양한 비판적 담론이 있었기 때문에 본인은 "계몽사상이 유럽중심주의적"이라는 나의 테제를 두고 그렇게 격렬한 토론이 벌어질 것이라고 상상도 하지 못했다고 한다. 아직 젊어서 유럽중심주의가 유럽의 기성세대 지식인 사이에 얼마나 뿌리 깊게 자리하고 있는지 많이 경험하지 못한 것 같았다. 유감스럽게도 유럽의 지식인들 중에서 탈식민지적이고 비판적 사유를 하는 사람들이 아주 극소수이고 대부분의 주류 지식인들은 여전히 유럽중심주의적 사유의 틀에서 벗어나지 못하고 있는데.

유럽의 지식인 중에서 조금이라도 비유럽 지역, 아시아, 아프리카에 관한 지식을 가진 사람이라면 유럽중심주의적 시각으로부터 자유로울 것이라고 믿는 것은 금물이다. 동아시아를 연구하는 학자들 중에 지금도 유럽중심주의적 시각에서 교묘하게 동아시아를 서구 문명의 하위에 둘 수 있는 이론 틀을 만들어내고 있는 것이 현실이다. 18세기 후반까지 동아시아 지역에서 서구 문명과 견줄 수 있는 독자적인 문명이 발생했다는 것을 부정하기 위해서 중국 문명이 원래 이집트에 그 기원을 두고 있다는 주장을 했던 사람들도 바로 조금이나마 동아시아

195

에 관해 공부한 학자들이었다.

믿기지 않겠지만 21세기가 된 지금도 독일에서 그런 일이 되풀이되고 있다. 독일에서 동양의학을 연구하는 원로 독일인 의학자가 아주 진지하게 토론하는 자리에서 했다는 이야기를 듣고 기가 막혔던 적이 있다. 고대 동아시아의 의학 지식이 잘 정리되어 있는 것이 놀라운 사실이기는 하지만 그것이 중국에서 자체적으로 발전되었을 리는 없고 잘 살펴보면 중국인들이 고대 그리스에서 그런 지식을 전수받은 것이라고 주장했다고 한다. 더 놀라운 것은 그 자리에서 아무도 반박하지 않았을 뿐 아니라 모두 고개를 끄덕였다고. 그가 근거로 제시한 것은 중국 의학서에 나오는 이름 중에 "히포크라테스"를 의미한다고 볼 수 있는 이름이 있다는 것. 이런 어이없는 주장에 감탄하는 독일 지식인들도 있다.

유럽중심주의의 지적 오만함이 하늘을 찌르는 베를린의 한복판에서 나는 날마다 지적 전쟁을 치르고 있다. 지금도 동아시아에는 철학이 없다고 믿는 철학자들과 논쟁을 벌여야 한다. 이 전쟁에 임하는 최고의 무기는 논리적으로 그들을 납득시키는 것이다. 그것은 그들의 논리에 내재된 모순을 체계적으로 보여줄 때 비로소 가능해

196

진다. 그를 위해 유럽 사상가들이 동아시아를 보았던 시각의 변화와 그 원인을 분석하는 작업을 나는 마치 수행하듯 30년째 이어오고 있다.

독일인들에게 묄렌도르프 알리기

구한말 조선의 개혁을 위해 노력한 묄렌도르프 Paul Georg von Möllendorff를 독일인들에게 알리는 일을 시작했다. 내가 자유대 한국학과에 부임한 2008년은 마침 한국과 독일이 수교관계를 체결한 지 125년이 되는 해였다. 묄렌도르프는 1883년 조선과 독일이 수호협정을 체결할 때 조선 정부의 대표로 협정서에 서명한 외무참판이었다.

우리에게는 고종의 외교자문관으로 잘 알려진 이 독일인을 정작 독일 사람들은 모르고 있었다. 심지어 한국으로 파견되는 독일의 외교관들은 묄렌도르프를 사기꾼이라고 여기는 경우도 있었다. 묄렌도르프가 태어난 고향 체드닉Zednik에서조차 그를 전혀 몰랐다. 도시의 역사를 보여주는 전시관 어느 곳에서도 그에 관해 언급된 사실을 찾을 수 없었다. 그곳 사람들은 오히려 장군이었던 그의 할아버지만 기억했다. 묄렌도르프가 성장한 도시

괴어리츠Goerlitz에서도 그의 존재를 아는 사람들은 없었다. 그곳의 도시박물관을 만든 묄렌도르프의 아버지만 기억할 뿐이었다.

독일에 남아 있는 묄렌도르프의 흔적은 라이프치히 박물관이 보관하고 있는 한국 민예품과 베를린 국립중앙도서관 문서고에 남아 있는, 그가 만든《독일어-만주어 사전》정도가 전부였다.

나는 독일 외교관들에게 묄렌도르프가 조선에 살았던 3년 동안 고종 임금으로부터 얼마나 신뢰를 받았는지, 그리고 임금을 도와 그가 조선의 근대화를 실현하기 위해 어떤 노력을 기울였는지 종종 이야기해준다. 그가 조선으로 데려온 수많은 독일인과 독일 회사가 그 후 조선에서 어떤 역할을 했으며, 한국인들이 독일을 긍정적으로 인식하는 데 얼마나 기여했는지 설명한다. 나는 한국으로 부임하는 독일 외교관들에게 선물하기 위해 누구나 쉽게 읽을 수 있는 작은 책을 쓰기도 했다.《조선을 위해 노력한 독일인 개혁가Ein deutscher Reformer für Korea》라는 제목의 책이다.

그리고 기회가 있을 때마다 독일 연방대통령이 일본

에 관해 훌륭한 연구 성과를 올린 학자들에게 '프란트 지볼트상'을 수여한 것처럼 '파울 게오르그 묄렌도르프상'을 제정하자고 이야기한다. 지볼트는 일본에 체류한 경험을 바탕으로 일본의 지리, 식물, 문화에 대해 체계적이고 자세한 정보를 독일에 전해주었다. 그는 유럽에서 일본 연구의 기초를 닦은 사람으로 존경받는다. 독일의 대표적인 학술지원기관 알렉산더 폰 훔볼트재단이 일본 정부의 지원을 받아 일본학 발전에 기여한 학자들에게 그의 이름을 딴 상을 수여하는 것도 바로 그런 이유 때문이다.

지볼트상은 매년 독일의 대통령궁에서 열리는 훔볼트재단 펠로우들의 모임에서 연방대통령이 수여한다. 30년 전 한국인 펠로우도 있다는 것을 보여주기 위해 한복을 입고 대통령궁에 갔다가 이 상을 받는 일본학 학자가 독일 대통령에게 축하받는 모습에 만감이 교차하는 심정으로 돌아왔던 기억이 지금도 생생하다. 일본학 학자들 모두가 존경하는 인물 지볼트의 이름을 딴 상을 수상한다는 것은 학자들에게 큰 영광이다. 그 정도의 비중을 갖는 묄렌도르프상을 한국과 독일 정부가 함께 도입하는 것은 불가능할까.

한독관계에 기여한 사람에게 독한협회가 주는 '이미

륵상'이 이미 존재하긴 한다. 나도 2013년에 이 상을 받았다. 독한협회의 회원과 임원들이 이 상을 도입하고 지금까지 이어오기 위해 많은 노력을 기울였다. 그들은 대부분의 독일인들이 한국을 알지 못할 때부터 민간 차원에서 한국과 독일 간의 교류를 위해 많은 공을 들여왔다. 그것 하나만으로도 나는 독한협회의 존재가 고맙다.

이미륵상이 이미 존재한다고 연방대통령이 직접 수여하는 묄렌도르프상을 도입하지 못할 이유는 없는 것 같다. 오히려 그만큼 한국과 독일 간의 관계가 두터워졌다는 것을 보여주는 것이 아닐까.

201

하멜상 제정 유감

팬데믹이 한창 기승을 부리기 시작할 무렵 유럽한국학회가 '하멜상'을 제정했다는 사실을 알게 되었다. 만약 다른 학회에서 '하멜'의 이름을 딴 상을 준다면 또 유럽 중심적 사고의 발로라고 그냥 욕하고 넘어갔을 것이다. 그런데 한국학을 전공한 학자들이 모인 단체에서 하멜상을 준다는 것은 도저히 있을 수 없는 일이어서 페이스북과 언론 인터뷰를 통해 공개적으로 문제를 제기했다.

나는 이 상을 제정한 사람들이 하멜이 쓴 한국에 관한 보고서에 한국이 어떻게 묘사되어 있는지, 그리고 하멜의 책을 읽은 유럽인들이 한국에 대해 어떤 이미지를 갖게 되었는지 잘 알고 있음에도 이런 상을 제정한 것인지 의문을 표했다. 최근 유럽 언론에 비친 한국 인식에 관한 연구를 집중적으로 하고 있기 때문에 그렇게 강한 비판을 할 수 있었다. 이 연구를 통해 하멜이 전해준 한국에 대한 야만적이고 미개한 이미지가 19세기까지 유럽인들에게 얼마나 큰 영향을 주었는지 확인했기 때문이다.

내 질문에 대한 답은 의외의 자리에서 듣게 되었다. 2023 유럽한국학회의 개막식, 하멜상을 수여하는 자리였다. 학회에서는 이 상을 타는 사람들의 이름을 호명한 후 상을 전달하기에 앞서 이 상을 앞으로도 계속 수여하기로 결정했다고 발표했다. 회장단의 결정을 합리화하기 위한 설명도 덧붙였다.

유럽한국학회의 학술상 명칭을 '하멜상'이라고 제정한 이유는 단 하나. 그가 처음으로 조선에 와서 살아보고, 유럽에 한국을 알려준 사람이기 때문이란다. 그와 함께 덧붙인 설명은 하멜은 선교사도 아니고 교수도 아닌 소박한 사람으로, 인종주의자가 아니었다는 것이다.

이것은 아주 궁색한 변명이다. 하멜은 단순한 뱃사람이 아니라 동인도회사에서 관리직으로 근무하던 사람이었다. 그가 보통의 뱃사람이었다면 글을 쓰는 것이 불가능했을 것이다. 그랬다면 물론 그가 조선에서 겪은 경험을 보고서로 남길 수도 없었을 것이다. 동인도회사는 영국의 사상가 에드문트 버크Edmund Burke가 부패한 테러리스트라고 비난했을 정도로 당시 유럽에서도 악명이 높았던 회사다. 그런 회사에서 관리직으로 근무하다가 배가 난파되어서 제주도에 표류한 사람이다.

하멜은 1653년부터 1666년까지 조선에 억류되었다가 일본으로 도망한 후 동인도회사로부터 13년 동안 지급되지 않았던 급여를 받기 위해 조선에서의 경험에 대해 자세한 보고서를 작성했다. 그것은 학문적으로 훈련된 선교사들의 분석이 포함된 문화해설서도, 여행자의 경험을 기록한 견문록도 아니었다. 그는 자신의 보고서가 책으로 출판되어 세상에 공개될 것을 알지도 못했다. 그의 보고서를 입수한 네덜란드의 서적상들이 하멜이 네덜란드로 돌아오기도 전인 1668년에 책으로 출판했다. 당시 유럽에는 모험적인 여행기에 대한 수요가 그만큼 많았기 때문이다.

아무도 가보지 못한 나라, 조선에서 13년이나 살면서 지속적으로 탈출하려고 노력한 뱃사람들의 이야기는 충분히 잘 팔릴 수 있는 소재였다. 책을 많이 팔기 위해 편집하는 과정에서 하멜의 보고서는 수정되고 과장되기도 했다. 1669년에 나온 세 번째 판본에 들어 있는 조선에는 다양한 크기의 악어가 서식하고, 세 명의 어린아이를 잡아먹었다는 이야기는 하멜의 보고서 원본에는 아예 없는 내용이다. 이 책은 영어, 프랑스어, 독일어로도 번역되었다. 아무도 가보지 못한 미지의 나라에서 13년 동안이나 살았다는 사실 하나만으로도 하멜이 전해주는 조선에 대한 이야기는 당시 유럽인들에게 신뢰할 수 있는 것으로 받아들여졌다.

하멜의 표류기 탓에 19세기 중반까지 유럽인들은 한국의 문화와 역사에 대해 호기심을 갖기보다 오히려 한반도에 가까이 접근하는 것을 꺼려했음을 증명해주는 기록이 있다. 1787년에 세계 일주 항해를 하면서 동해안을 탐사했던 프랑스인 라페루즈Jean-François de Galaup, comte de Lapérouse는 하멜의 책을 보았다고 썼다. 이방인들과 어떤 교류도 허용하지 않고 해안에 좌초된 불쌍한 사람들을 노예로 착취하는 나라에서 하멜 일행이 겪은 일 때문에 제주도 해안에 상륙할 흥미를 느끼지 못했다는 기록을 남겼다.

조선이 문호를 개방한 19세기 후반에도 하멜의 보고서는 우리나라에 관심을 가진 서양인들이 첫 번째로 참고하던 자료이자, 유일한 지표였다. 《은둔의 왕국 코레아》를 쓴 그리피스William Elliot Griffis도 조선의 정치와 경제를 설명하는 챕터에서 하멜의 보고서를 아홉 차례나 인용할 정도였다. 조선에 악어가 산다는 이야기도 그대로 나온다. 조선에는 악어가 득실거린다는 이야기는 1893년에 출판된 독일의 지리 교과서에도 나온다. 하멜이 내린 조선인에 대한 부정적인 평가가 19세기 말에 이르기까지 우리나라에 관심을 가진 사람들의 선입관을 만들어준 것이다. 이 선입견은 오래도록 지워지지 않고 잠재적으로 남아 있다.

그럼에도 불구하고 21세기에 굳이 하멜을 기념해야만 할까. 제주도 용머리해안에 세워진 하멜기념관을 보면서 던졌던 질문을 나는 지금 다시 고민하고 있다.

유럽한국학회의 신임 회장단이 하멜상의 존속 여부에 관한 의견을 모으고 있다고 한다. 그 결과가 어떻게 나올지 아직 모른다. 하멜이 유럽인들이 한국에 대해 갖게 된 인식의 첫 단추가 잘못 끼워지는 데 결정적인 역할을 한 인물이라고 그렇게 목소리를 높였음에도 불구하고 회원들이 하멜상을 유지하기로 결정한다면 어떻게 반응할지 잘 생각해보아야 할 것 같다. 하멜상 때문에 내가 얼마나 흥분했는지 잘 아는 원로 선생님은 한번 크게 문제를 제기했음에도 수정되지 않는다면 더는 화를 내지 말고 그냥 다수의 의견을 따르라고 조언해주셨다. 하지만 다혈질적인 내 성격에 가만히 있을 수는 없을 것 같다. 그래서 지금 나는 하멜에 관한 책을 쓰면서 화를 삭일 수 있는 방법을 찾고 있다.

기산 김준근의 그림이
한국 미술의 정수를 보여준다고?

　　우리나라는 오랫동안 유럽인들에게 중국과 일본의 주변부로 인식되었다. 많은 사람들이 우리 문화를 중국의 아류라고 생각한다. 특히 조금이라도 동아시아를 안다는 사람들은 대부분 그렇게 생각하는 것이 일반적이다. 유럽의 문화와 사상 모두 그리스 로마 것이라고 하지 않으면서 왜 동아시아의 문화는 모두 중국 것이라고 하는지 따지고 싶은 때가 한두 번이 아니다.

　유럽의 지식인들이 한국을 잘 알지 못하기 때문이라고 간단히 변명할 수도 없다. 오히려 한국을 잘 안다고 하는 사람들이 편견과 선입관을 재생산하는 역할을 지금도 하고 있기 때문이다. 독일 함부르크의 민속공예박물관이 소장하고 있는 기산 김준근의 민화 출처에 대한 논의가 그런 대표적인 사례이다.

김준근은 1880년에서 1900년경까지 부산과 인천 항구의 시장에서 서양인들이 좋아하는 조선 풍속화를 그려서 팔았던 사람이다. 그는 당시 주류 화가가 아니었다. 풍속화가였던 김홍도, 신윤복의 그림처럼 회화적 역량이 뛰어난 그림을 그린 것도 아니다. 조선에 온 서양인들의 기호에 맞는 소재를 담은 그림을 대량으로 생산했다. 그의 조선 풍속화 1천여 점이 미국, 프랑스, 독일, 덴마크, 영국, 네덜란드의 박물관과 미술관에 소장되어 있다.

독일 함부르크 민속박물관이 소장하고 있는 김준근의 그림과 관련해 묄렌도르프가 고종에게 선물로 받은 것이라는 주장이 최근 독일에서 한국 미술사를 전공한 독일인 학예사들에 의해 다시 제기되었다. 조선의 국왕이 시장에서 그림을 파는 김준근의 그림을 독일인 외교 고문관 묄렌도르프에게 직접 하사했다는 주장은 이미 오래전에 나왔다. 1958년에 한국의 풍경과 풍속을 담은 그림책을 출간한 비교언어학자 하인리히 융커가 자신의 책에서 그렇게 주장했다.

한국의 미술사학자들은 여러 차례 이런 주장이 신빙성이 없다고 지적했다. 1992년에 한국국제교류재단의 지원을 받아 편찬한 〈유럽박물관 소장 한국 문화재〉 자료집에는 김준근의 풍속화에 관한 해제가 실려 있다. 당시로서는 가치가 없는 그림을 국왕이 외교 고문에게 주었다는 것이 부자연스러운 일이라고 결론을 내렸다.

그럼에도 불구하고 독일의 젊은 동아시아 미술사 연구자들이 새삼스럽게 고종 임금이 기산의 그림을 사서 묄렌도르프에게 선물했다고 주장하고 있다. 그 이유가 무엇일까. 그들이 한국의 역사학자, 미술사학자 들의 설명을 무시하고 하인리히 융커라는 독일 사람이 한 말을 더 믿기 때문인가.

하인리히 융커는 한국 미술사 전문가가 아니라 비교언어학을 전공한 사람이다. 나치에 부역한 경력 때문에 1945년에 라이프치히대학에서 해직당했다가 1951년에 동베를린의 훔볼트대학 동아시아학부 한국학 교수가 되었지만 실제로 한국학 전문가라고 하기는 어려운 사람이다.

지금 함부르크 민속공예박물관이 소장한 김준근 그림이 고종이 하사한 것이라고 보는 유일한 근거가 그가 묄렌도로프의 부인에게서 그 이야기를 전해 들었다는 것이란다. 다수의 한국 역사학자, 미술사학자 들의 반론보다 독일인이 전해준 말 한마디를 더 신뢰할 수 있다고 생각하는 것인가. 개화기에 조선에 왔던 외국인들이 본인이 수집한 물건들을 조선 국왕이 준 선물이라고 과장해서 이야기한 사례가 한두 개가 아닌데.

그러나 중요한 건 김준근의 그림을 고종 임금이 하사한 것인지 여부가 아니다. 그의 그림이 구한말 조선 미술의 정수를 보여주는 것이 아니라는 점이다. 김준근의 작품들은 조선에 거주하던 외국인 또는 여행자들이 시장에서 살 수 있었던 기념품 정도의 그림이었다. 그들이 김준근의 그림을 특별히 좋아해서 구입한 것이 아니라 도화서의 화원들이 그린 뛰어난 작품을 구입하는 것이 불가능했기 때문에 저렴한 가격의 그림을 구매한 것은 아닐까. 우리가 다른 나라에 여행 가서 저렴한 가격의 기념품을 사는 것처럼.

나는 미술사를 전공한 것은 아니지만 유럽과 동아시아 문화 교류에 관해 공부하는 학자의 시각으로 끊임없이 한국 유물을 소장하고 있는 박물관의 문을 두드린다. 그곳에서 한국 문화와 역사에 대한 강연을 하기도 하고 큐레이터들과 좌담을 진행하기도 한다. 그것은 일본, 미국에 이어 세번째로 많은 양의 한국 유물을 보유하고 있으면서도 여전히 한국 문화를 중국과 일본의 아류로 보는 시각이 지배적인 독일 식자들의 편견을 조금이라도

수정하고 싶어서이다. 그런 자리가 마련되면 나는 아무
리 멀다 해도 마다하지 않고 나선다.

훔볼트포럼의 한국 갤러리를 위해

베를린의 관광 명소인 박물관섬 맞은편, 분단
시절 동독의 인민궁전이 서 있던 자리에 프러시아 왕들
이 거주하던 베를린성이 복원되었다. 말 많고 탈도 많았
던 복원 작업이 완성된 이 건물은 '훔볼트포럼'이라는 이
름의 대규모 박물관이 되었다. 이 박물관 4층에 동아시
아관이 들어서고 거기에 한국 갤러리가 만들어질 것이
라는 이야기를 듣고 나는 내심 기대가 컸다. 기존에 있던
베를린 동아시아박물관의 한국실이 너무 열악해서 차라
리 없는 것이 나을 것 같다는 생각을 할 정도였기 때문이
다. 새로 짓는 박물관의 모토가 '탈식민지주의'라니 기대
해도 좋을 것 같았다.

그런데 막상 '한국 갤러리'라는 명칭으로 개관한 곳은
중국실의 한구석에 놓인 커다란 유리 진열장 하나와 작

213

은 진열장 몇 개가 전부였다. 웅장함과 함께 오랜 역사를 통해 축적된 문화 유산을 보여주는 중국실과 우아함과 정교함이 함께 어우러진 일본실 사이에 있는 이 공간은 차라리 없는 것이 나았을 것이라는 말이 다시 나오게 만들었다. 중국실, 일본실의 넓이에 10분의 1 정도밖에 안 되는 공간의 규모만 보잘것없는 것이 아니었다. 무엇보다 한국을 중화제국의 변방으로 분류하던 독일인들의 전통적인 동아시아 인식을 공간적으로 옮겨놓았다는 인상을 주었기 때문이다.

베를린 동아시아박물관 내부에서는 아무도 그에 대한 문제의식을 가지지 않았던 것으로 보인다. 그만큼 한국 문화예술에 대한 관심이 없었던 것이다. 동아시아박물관이 베를린의 서남부 달렘의 한적한 주택가에 있는 동안에는 독일의 문화계에서 활동하는 지식인들이 한국 문화를 보는 시각의 문제점을 지적하는 것 외에 내가 할 수 있는 것이 별로 없었다. '쇠귀에 경 읽기'와 같은 일이지만 비판이라도 하지 않으면 문제가 있다는 것조차도 인식하지 못할 것이기 때문에 계속 비판해왔다.

2021년 9월 22일에 개관한 훔볼트포럼의 동아시아관은 베를린에서 한국학을 강의하는 교수 입장에서 보면 참담하다고밖에 할 수 없는 결과였지만 그래도 하나의 성과는 있었다. 공개적으로 제기된 비판 때문인지 한국 전담 큐레이터직을 신설한 것이다. 무엇이 박물관 관장과 포럼 이사장의 입장을 바꿔놓았는지는 알 수 없다. 2020년의 한국과 2010년의 한국이 국제사회에서 갖는 위상이 변화했기 때문이라고 볼 수도 있고, 독일의 젊은 이들 사이에서 한국 대중문화에 대한 관심이 폭발적으로 증가해서 그런 것이라고 이야기할 수도 있을 것이다.

훔볼트포럼의 이사장이 한국 갤러리의 공간이 너무 작고 볼품없다고 대놓고 불만을 토로하는 나에게 BTS가 훔볼트포럼에 한번 올 수 있다면 얼마나 좋겠냐고 여러 차례 이야기한 것을 보면 케이팝의 힘이 여기에도 작용한 것이 분명하다.

이런 변화를 근거로 유럽 문화예술계에서 활동하는 지식인들이 한국 문화예술을 보는 인식이 변했다고 생각하는 것은 성급한 일이다. 그러나 베를린 훔볼트포럼의 사례를 통해 한국과 유럽 간의 문화 교류가 앞으로 어떤 방향으로 전개되어야 하는지에 대해서는 제대로 학습할 수 있다.

유럽 문화예술에 대한 우리의 관심이 일방적인 짝사

215

랑에 머물지 않고 유럽인들 또한 한국의 문화예술에 대해 관심을 가질 수 있게 기본적인 인프라가 구축되어야 한다. 유럽인들이 하루아침에 한국을 이해하고 한국 문화를 수용하기를 기대할 수는 없다. 중국과 일본의 문화예술에 대한 그들의 관심이 오랜 시간에 걸쳐 축적되어 온 것처럼 앞으로 한국 문화에 대한 그들의 관심이 지속적으로 쌓일 수 있는 토대를 만들기 위한 노력을 기울여야 한다.

그런 인프라는 단순한 일회성 행사를 통해 구축할 수 있는 것이 아니다. 지속적인 교류와 말 걸기를 해야 한다. 그것 또한 베를린에서 한국학을 담당하는 교수가 된 내게 부여된 또 하나의 소명이 되었다.

맺음말

    2008년 자유대학교 한국학과의 정교수로 임명된 후 지금까지 나는 독일 속에 한국을 심기 위해 쉬지 않고 달렸다. 베를린의 한국학연구소가 성장하고 독일인들이 한국에 대해 긍정적인 이미지를 갖게 될 수 있다면 기꺼이 "황금알을 낳고 양털과 우유를 생산하는 돼지"가 되고 싶었다.

  나는 한국과 관련된 이야기를 할 수 있는 자리라면 마다하지 않고 나섰다. 방송 토론은 당연한 일. 경영인협회, 교회협의회, 예술단체, 정치재단 등 중요한 독일 기관이 주관하는 한국 관련 행사에는 빠지지 않고 다 참석했다. 중고등학교 교사와 학생을 위한 한국 관련 특강 요청에도 대부분 응했다. 혹자는 이런 나를 두고 연구하고 가르치는 대학 교수의 본분과는 거리가 멀다고 흉보기도 한다는 사실을 나 역시 알고 있다. 그러나 동아시아에 중국과 일본만 있는 줄 알고 있는 독일인들에게 한국의 존재를 알릴 수만 있다면 할 수 있는 데까지 해보겠다는 것이 나의 신념이다. 나의 노력이 금방 눈에 띄는 성과로 이어지지 않는다 해도 조금씩 인식의 전환을 이끌 수 있다는 기대를 가지고 그들에게 지속적으로 말을 걸어야 한다. 그게 해외에서 한국학을 가르치는 선생으로서 나에게 주어진 가장 중요한 소명이라고 여겼기에, 한국에 대한 인식의 문제가 보이면 참지 않고 그것을 지적했다.

때로는 곧바로 논쟁하지 않고 상대방을 부드럽게 설득했더라면 지금까지 내가 쏟아온 노력이 좀 더 좋은 성과를 거둘 수 있지 않았을까 스스로에게 묻는다. 부드러움까지 겸비한 논리로 독일에서 한국을 심기 위한 말 걸기를 하는 내가 어떤 모습일지 혼자서 상상해본다.

그럴 때면 동영상에서 본, 일본의 극우세력과 위안부 문제에 대해 논쟁하면서도 우아함을 잃지 않는 재일교포 인권운동가 신순옥의 모습을 떠올린다. 어떤 상황에서도 흥분하지 않고 평정심을 잃지 않는 그는 내가 보기에 레토릭의 천재이다. 그래서 나는 조금이라도 그에게서 배우려고 노력한다. 물론 그것이 잘 되지는 않는다. 논리에 맞지 않는 이야기를 들으면 참지 못하고 얼굴 표정부터 변하는 버릇도 잘 고쳐지지 않는다.

그래도 포기하지는 않을 것이다. 독일과 유럽 속에 한국을 심기 위한 말걸기를 앞으로도 계속 해야만 하기 때문이다.

얼마 전부터 한국을 보는 독일인들의 시각이 분명히 변한 것이 느껴진다고들 한다. 서울이 독일 외교관과 전문가들이 선호하는 근무지가 되었다는 말도 들린다.

나는 지금 한류와 함께 이런 변화가 앞으로도 계속 이어질 수 있게 하기 위해서 해야 할 일을 찾고 있다. 다혈질적인 나의 레토릭을 개선하는 것도 그중에 하나이다. 이제부터 진짜 시작하려고 한다. 예순이 된 나이가 늦은 것은 절대 아니라고 스스로를 북돋우면서.

베를린의 한국학 선생님

2024년 10월 31일 1판 1쇄

지은이	이은정
편집	김태희
디자인	박다애
제작	박흥기
마케팅	김수진 강효원
홍보	조민희
인쇄	천일문화사
제책	J&D바인텍

펴낸이	강맑실
펴낸곳	(주)사계절출판사
등록	제406-2003-034호
주소	(우)10881 경기도 파주시 회동길 252
전화	031)955-8588, 8558
전송	마케팅부 031)955-8595 편집부 031)955-8596
홈페이지	www.sakyejul.net
전자우편	literature@sakyejul.com
블로그	blog.naver.com/skjmail
인스타그램	instagram.com/sakyejul
페이스북	facebook.com/sakyejul

ISBN 979-11-6981-340-2 03810